D0884954

L'Auberge de l'abîme

André Chamson

L'Auberge de l'abîme

Bernard Grasset
PARIS

**Tous droits de traduction, de reproduction
et d'adaptation réservés pour tous pays.**

© *Éditions Bernard Grasset, 1933.*

André Chamson/L'Auberge de l'abîme

André Chamson est né à Nîmes, le 6 juin 1900. Ses origines cévenoles et calvinistes marquent profondément son œuvre et nombre de ses romans s'inspirent d'épisodes de l'histoire du pays camisard. Mais André Chamson n'en est pas pour autant, comme on l'a trop souvent dit, un écrivain du terroir – du moins en ce que ce qualificatif implique de réducteur –, car les préoccupations qui se font jour dans ses livres excèdent de très loin le strict cadre de la chronique et de la tradition. A travers le destin d'un personnage, l'histoire d'une communauté, il soulève en fait les grandes questions que pose le siècle et rejoint ainsi les problèmes contemporains que sont l'incompréhension entre les groupes sociaux, le combat de la morale humaine contre l'ordre politique, l'aspiration à la liberté dont témoignent ses héros les plus frustes.

En 1924, André Chamson réussit le concours de l'École des chartes, l'année suivante il fait ses débuts dans la littérature avec Roux le bandit, *salué par la critique comme un événement. En 1927 et 1928 paraissent successivement* les Hommes de la route *et* le Crime des justes, *qui l'imposent définitivement comme un écrivain de tout premier plan. A son style ramassé et précis qui se prête admirablement à l'évocation de la vie âpre des Cévennes comme à la description de l'humble héroïsme qui anime ses habitants, s'ajoute un sens aigu du dialogue qui contribue à donner aux personnages la présence et le relief de la vérité.*

Parallèlement, André Chamson fait aussi œuvre d'essayiste avec l'Homme contre l'Histoire *(1927) et* Retour d'Espagne, rien qu'un témoignage *(1937).*

Combattant l'oppression sous toutes ses formes, André Chamson, dès les années trente, prend une part active dans la lutte contre la montée des fascismes en Europe. Pendant l'occupation, il s'engage dans la Résistance, avant de prendre, aux côtés d'André Malraux, le commandement de la brigade Alsace-Lorraine. Après la guerre, les responsabilités d'une carrière dans l'administration publique comme conservateur du musée du Petit Palais, puis comme conservateur général des Archives de France ne l'empêchent pas de poursuivre son œuvre de romancier, avec le Dernier Village *(1946),* la Neige et la Fleur *(1951), peinture de la nouvelle génération,* la Superbe *(1967),* la Tour de Constance *(1970).*

Reçu à l'Académie française en 1956, André Chamson a livré les mémoires de sa vie dans une sorte de biographie romancée, le Chiffre de nos jours *(1954).*

L'empire s'est effondré, Louis XVIII vient de retrouver son trône, les cosaques occupent encore l'Alsace et les vétérans de la Grande Armée dispersée rentrent chez eux. Mais pour le demi-solde qui voyage seul et dont les culottes vertes trahissent l'ancienne appartenance au 6ᵉ de dragons, les routes ne sont pas sûres. Particulièrement à travers ces montagnes des Cévennes où quinze ans de guerres napoléoniennes et le souvenir du sergent recruteur ont imprimé dans la conscience paysanne la haine du militaire.

Le jeune officier qui se rend à Meyrueis et à qui l'on a recommandé d'éviter les villages hostiles n'a pas d'autre recours, à la nuit tombante, que de chercher abri dans une auberge perdue. Ses hôtes lui inspirant quelque méfiance, il couchera près de son sabre. La nuit se passe et, au matin, le voyageur reprend sa route. C'est alors qu'on croyait tout danger écarté que le drame éclate sous forme d'une embuscade. L'officier tue l'un de ses assaillants et, blessé lui-même, se réfugie dans une caverne souterraine où il espère échapper à la vindicte des villageois.

C'est dans cette Auberge de l'abîme, dont nul n'est jamais ressorti vivant, que le blessé, tenaillé par la souffrance et par la peur, découvrira pourtant les plus douces sensations de sa vie : l'amitié du vieux médecin venu le secourir en cachette et l'amour de la fille de ce dernier, Amélie, qui finira par partager sa réclusion d'homme traqué. Au-dessus de leurs têtes, à la faveur d'une trouée dans la paroi rocheuse qui laisse entrevoir un morceau de ciel, les amants prisonniers du gouffre contempleront une étoile qui luit comme l'espoir.

Cette histoire de guet-apens et de mort n'est pas

sans évoquer, des crimes de l'auberge rouge à l'affaire Dominici, la chronique horrifiante des mystères judiciaires qui ont pour cadre les profondes campagnes. Mais, peu soucieux d'en exploiter les effets sensationnels, André Chamson s'applique au contraire à éclairer les mécanismes psychologiques qui déterminent l'action. Dans cette superbe et sombre fable, il dénonce la part de hasard et de malentendu qui est le plus souvent à l'origine des grands drames.

Celui que je préfère est aujour-
d'hui le meilleur, c'est le paysan
bien portant ; il est grossier, rusé,
opiniâtre et endurant : c'est
aujourd'hui l'espèce la plus noble.

Le paysan est le meilleur aujour-
d'hui ; et l'espèce paysanne devrait
être maître !

Nietzsche.
— Ainsi parlait Zarathoustra,
Entretien avec les Rois.

Au docteur Henri Mondor

PREMIÈRE PARTIE

LE VOYAGEUR
EN CULOTTES VERTES

—On ne va pas très vite, dans ces pierres,
même avec une bête de race...

L'homme était sorti d'un buisson de genêts et,
planté sur une roche, se tenait à la même hauteur
que le cavalier. Celui-ci ramena son cheval qui
avait fait un léger écart et, fermant les mains,
immobilisa sa monture.

— Je peux être à Meyrueis avant la nuit ?

— Holà, mais c'est déjà la nuit et vous avez
bien encore quatre heures de route. Non, mon...
lieutenant, il vaut mieux pour vous dormir en chemin.

— Lieutenant ?... Il n'y a plus de galons qui
tiennent sur aucune manche... Pourquoi lieutenant ?

— J'ai servi, dit l'homme, « Division Saint-
Hilaire, 43ᵉ de ligne et pas mal de campagnes.
J'ai reconnu la culotte et le passepoil de l'arme
sous votre redingote de civil... Les dragons... »

— 6ᵉ, dit le cavalier, les deux poings sur les
cuisses, penché vers cet homme sorti de la lande,
brusquement jailli des broussailles.

— Ci-devant La Reine... Nous en avions garnison
au Vigan, avant les guerres. Je connais votre régi-

ment, mon lieutenant. Nous tenions sa droite le 2 décembre de l'année V.

— Tu n'as pas repris du service ? On a pourtant demandé des volontaires pour cette campagne de malheur...

— Réformé. Et l'homme détendit sa jambe droite, montrant sa gauche plus courte, ballant dans le vide.

— Ça vaut mieux pour toi, à l'heure d'aujourd'hui, avec tout ce qui se passe... C'est ici ton pays ?

— Je garde les bêtes... Je suis de la maison du col, à la Serreyrède.

— On peut dormir chez toi ?

— Je ne suis pas le maître... Mais on vous logera, pour sûr. La maison fait un peu auberge. La nuit ne vaut rien dans nos pays... Des bois, des loups et de mauvaises rencontres.

L'officier caressa de ses paumes deux crosses de pistolet, à parements de cuivres, qui sortaient des fontes attachées à sa selle.

— Vous avez dû faire une longue route, de là-haut jusqu'ici, mon lieutenant ? Vous rejoignez aussi le pays ?

— Derrière la Loire, tous les régiments se sont rompus... L'empereur... J'ai mis cette redingote, gardé mon cheval, mes pistolets et mes bottes et je m'en retourne au pays où j'ai des connaissances.

— Meyrueis ? demanda l'ancien soldat.

— Non, Mende, en Lozère... et encore, depuis le temps, je n'ai pas un seul visage à reconnaître... Tu as dû passer par là, après ta réforme ?

— Le paysan retrouve toujours sa place... J'étais

sans famille, mais on m'a pris comme berger et je garde les troupeaux de la commune. Ma jambe ne m'empêche pas de courir dans les pierres. L'hiver, je reste en bas et, aux mois d'été, je couche à la maison du col.

— Les gens de là-haut ? D'anciens militaires ?

— Non, non, personne n'a servi dans ces parages. Ils ne se rendent pas facilement à la conscription... Enfin, personne n'a été pris par elle. Mais ce n'est plus le temps d'y penser. Vous trouverez, là-haut, le gîte et le couvert, sans grandes dépenses. Le lit sera dur, mais mon lieutenant doit avoir l'habitude... La route est simple : à droite toujours. Il faut laisser le col de l'Espérou sur votre gauche et sortir droit sous la Serreyrède. Je vous retrouverai là-haut, comptez sur moi pour votre bête, j'ai encore l'habitude.

L'homme fit le salut militaire, sauta de son rocher au milieu des genêts et disparut dans un bruit de pierrailles et de branches cassées. Le lieutenant poussa sa bête sur le chemin défoncé, aux murettes ruinées par les pluies et, relevant le col de sa redingote, regarda devant lui, vers la crête de la montagne.

Bien qu'on fût au milieu d'août, un air frais courait sur les pentes. A main droite du cavalier, par-delà les précipices et les fondrières, une grande montagne sauvage arrêtait une barre de brume sur sa crête pelée couverte d'herbes rases.

L'homme se pencha sur sa selle, caressa l'encolure de sa bête. Celle-ci, qui marchait au pas, les oreilles basses, encensa à petits coups brusques, les naseaux dilatés, secouant sa crinière.

— Beau, beau, ma belle, c'est notre dernière

longue route. Prends ton temps, on n'est plus pressé d'arriver. Soyons au col avant la nuit, c'est tout ce qu'il nous faut aujourd'hui.

Les lacets du chemin tournaient et retournaient contre la montagne et gagnaient de la hauteur pour reprendre, au long des grandes pentes, leur direction vers l'ouest, droit au soleil couchant. Par moments, derrière de maigres boqueteaux de hêtres, le col se découvrait, but de l'étape de la journée, pris entre deux prairies, au-dessus de quelques arbres. Au creux du col, un toit d'ardoise à plusieurs pentes réfléchissait le soleil couchant, en feux sombres, coupés d'éclairs blancs. Dans l'immense désert de cette haute vallée, ce toit, contre lequel le vent rabattait une fumée, était seul à trahir une présence humaine, au milieu des sapins, des boqueteaux de hêtres et des pentes ravinées où s'accrochaient des plaques d'herbes courtes.

Parfois, retourné dans sa selle, une main sur la croupe de sa bête, le cavalier regardait en arrière la vallée profonde où des prés verts couraient au long d'une rivière vers une petite ville aux toits rouges. En reprenant son assiette, l'homme fixait ses culottes de drap vert ou passepoil rouge, ses bottes d'ordonnance et grommelait :

— Encore trop militaire, la redingote ne cache rien. On peut même reconnaître l'arme et chercher à deviner le numéro. Il faudrait en finir une bonne fois pour toutes. Dans la plaine, les gens étaient prêts à me lancer des pierres. Ici, les nouvelles vont moins vite et l'on garde encore du respect, mais, demain, ils seront peut-être pires.

Depuis un long moment, il avait laissé sur sa gauche le chemin qui filait vers l'autre col de la

montagne. Le soleil avait disparu. Les précipices,
plus abrupts, se faisaient moins profonds. La ligne
de crête était toute proche. Entre deux cerisiers
rabougris, une rampe de quelques mètres débouchait sur la plate-forme du col. Sans y penser, le
cavalier redressa sa taille, rectifia sa position,
descendit ses talons sur les étriers, rassembla ses
rênes et, faisant volter son cheval, se rangea contre
l'escalier de pierre qui conduisait à la porte de la
maison.

— Ho, là-dedans...

La porte, après quelques secondes, s'ouvrit lentement. Un homme parut, petit de taille, la tête
ronde, les épaules énormes, un chapeau de feutre à
bords étroits incliné sur les yeux.

— Salut ! Pouvez-vous me loger avec ma monture ?

— Qui passe ici peut trouver gîte et couvert. On
loge à pied et à cheval... L'écurie est derrière vous.

L'homme rentra dans la maison et referma la
porte. Le cavalier hésita. Son cheval, tournant sur
lui-même, lui faisait parcourir du regard l'étrange
gîte où il allait avoir à passer la nuit. Dans une
encoche des hautes crêtes, contre une source que
l'on entendait courir dans les herbes et les caillou-
tis, une maison s'adossait au vent, dans une solitude
sans limites, à la mesure d'un ciel mouvant et
sombre. Mal bâtie, couverte d'ardoises et de chaumes, elle formait un bloc irrégulier en équerre.
Barrant le col, le corps de logis se composait d'un
seul étage surélevé, tandis qu'à main droite une
longue remise, basse et trapue, s'adossait à la
montagne.

Le lieutenant hésitait à descendre de cheval.

Rien dans ce lieu désert ne lui inspirait confiance. Il cherchait déjà l'amorce de la route, de l'autre côté du col, quand une forme sortit de derrière la maison, claudicante.

— Mon lieutenant, l'écurie est de l'autre côté.

L'ancien soldat, arrivé avant lui, était déjà devant son cheval, une main sur les rênes, contre la gourmette de la bride.

— Déjà rendu ? C'est le diable qui te porte à travers la montagne ?

— Je connais les détours... J'avais déjà rassemblé mes bêtes quand je vous ai parlé sur la route.

— L'autre village, à combien d'heures ?

— Comptez sur une heure, mon lieutenant. Mais les chemins ne sont pas sûrs. Pour sortir d'ici, vous avez des fondrières à travers bois. La nuit se ferme... Et puis, dans ce village, je craindrais un peu pour la couleur de vos culottes... On a pris beaucoup d'hommes, là-bas, pour les dernières campagnes...

— Bon, bon, dit l'officier en sautant à terre. « Aide-moi à défaire mon paquetage et rentre ma bête. »

Les deux hommes enlevèrent la selle et le sac que des courroies attachaient au troussequin. L'officier prit avec lui ses armes : les deux pistolets, dans leur fonte de cuir gras et un sabre court, plaqué contre la selle, presque invisible quand l'homme était à cheval.

— Rentre la bête... Dis-moi, l'accueil est froid dans tes montagnes... on n'aime pas les militaires ici ?

L'homme ne répondit pas. A grands coups de pied, il ouvrait la porte de l'écurie et parlait au cheval qui pointait à chacun des coups frappés.

— Doucement, eh là... C'est le canon de la semelle, ça n'éclate pas... ho, ho...

Le lieutenant monta l'escalier de pierre en glissant sur les marches usées, arrondies dans leur centre comme le lit d'un torrent. Sur la petite terrasse, il poussa la porte, et, courbé par le linteau, jeta un coup d'œil dans la salle. L'homme aux larges épaules n'était plus là. Un grand feu flambait sous la hotte dont le manteau était garni de fusils de chasse. Au milieu de la pièce, devant une énorme table, entre deux escabeaux, une fille attendait, droite, en vêtements noirs.

— On loge à pied et à cheval. Voici le piéton, dit le militaire en saluant. « Mademoiselle, avez-vous pour moi quelque chose comme une chambre ? »

— Bonjour. Venez, monsieur, avez-vous faim aussi ? Elle parlait le français avec difficulté, en cherchant ses mots, en regardant le nouveau venu.

— Pour sûr, et faim de soupe chaude.

— Il fait trop froid par nos pays, dit la fille en traversant la pièce. Elle ouvrit une porte dans la cloison de sapin, à loupes rouges, et fit signe de la suivre. Un long couloir, coupé de marches de bois, les conduisit à une petite soupente, étroite, à peine éclairée par un dernier rais de jour qui filtrait par les vitres sales d'une lucarne. A gauche de la porte, il y avait un lit étroit, haut, encombré d'édredons et de couvertures. La fille s'effaça, l'homme entra, posa ses armes sur le lit.

— On mange à présent ?

Ils retournèrent dans la grande salle. La fille jeta des bûches dans le feu, tira sur la crémaillère,

amena une lourde marmite qui pendait à son cro-
chet, juste au milieu des flammes, et se retourna, le
pied droit sur la marche du foyer, l'autre sur les
dalles de la pièce, un peu déhanchée par ce mouvement, les mains aux cuisses. L'officier qui s'était
assis sur un escabeau, les jambes au feu, la regarda
pour la première fois avec attention.

Des vêtements noirs de paysanne engonçaient
son corps et ne laissaient apparaître que la finesse
de la taille et que le mouvement des épaules : mais
la taille était fine, au-dessus de la jupe aux plis
serrés, jaillissants, et les épaules rondes animaient le
fichu de laine noire de mouvements courts, obli-
ques, charmants. Les cheveux tirés se plaquaient sur
des joues aux pommettes un peu saillantes, tendues,
pleines et le front carré, haut, équilibrait ce visage
aux chairs lourdes et fraîches. La fille avait vingt
ans peut-être, mais cet air grave des filles de montagne et cette allure de courage et de décision qui
s'affirme dans la solitude.

— Il fait froid, dit le cavalier, en tendant ses
jambes devant le feu et en offrant ses paumes
ouvertes à sa lueur, « pour le mois d'août... »

— Par nos pays, le temps change vite... Il faisait
chaud tout à l'heure...

La fille sortait des assiettes d'un bahut plaqué
contre la muraille et les disposait sur la longue
table. Le cavalier compta cinq couverts.

— On est nombreux, ce soir...

La fille ne répondit pas. Elle revint vers le feu,
se pencha, souleva le couvercle de la marmite et
remua la soupe avec une longue cuiller en étain.
Ainsi placée, elle montrait son profil en noir sur le
fond rouge des flammes, dans la pièce maintenant

complètement obscure et que cette flambée éclairait seule.

— Vous habitez ici ? Hiver, été ? C'est un rude coin pour une jeune fille.

Toute inquiétude avait abandonné le lieutenant. Il avait ouvert sa longue redingote devant le foyer, et sa chemise, ses culottes vertes, ses bottes raides lui rendaient maintenant son allure militaire.

— On habite ici... dit la fille après un long moment en cherchant ses mots et tout en allumant au feu deux quinquets à huile, pendus au manteau de la cheminée. La réponse avait été si longue à venir, si lente, si chargée d'indifférence que l'homme, agacé, rompit brusquement, se leva, alla jusqu'à la lucarne aux vitres étroites et regarda dehors.

Rien ne se distinguait plus, ni la vallée, ni les crêtes, ni même la plate-forme du col. Une poussière laiteuse, brouillard uniforme et pourtant tordu par le vent, recouvrait tout le paysage. Dans combien de fermes, de maisons isolées, aux quatre coins de l'Europe, depuis dix ans, l'homme qui fouillait cette ombre avait-il pris ainsi ses cantonnements du soir, auprès d'une paysanne incapable de comprendre sa langue et vaquant près de lui aux travaux quotidiens ?

— Ça, la France, se dit-il entre les dents, « la Moravie ou la Pologne... La fille est belle pourtant, mais ce n'est pas une raison. »

Dans la maison, des pas sonnaient sur les marches de bois. La porte de la pièce qui donnait sur le couloir s'ouvrit brusquement et, l'un derrière l'autre, trois hommes entrèrent. L'officier s'était retourné. Il reconnut celui qui l'avait accueilli sur

le pas de la porte, de si rude façon, avec si peu
d'égards.

— Bonsoir à tous et à la compagnie, dit
l'homme en s'asseyant. Ceux qui le suivaient
s'assirent aussi, deux gaillards, plus jeunes, plus
grands de taille, à figure longue, bruns de peau, le
front frangé de bouclettes courtes, dépassant de
leur chapeau noir.

— Salut, dirent-ils en faisant sonner le *t* final,
sans regarder l'étranger. Chacun tira de sa poche un
couteau de chasse, l'ouvrit, le frotta contre le
velours de son pantalon et le posa à côté de son
assiette.

— Bonsoir, dit l'officier. « Mauvais temps, pour
le mois d'août. »

— Mauvais temps pour tout, dit le plus vieux
des hommes. « Si vous voulez manger, prenez place.
On n'a pas grand'chose à vous offrir, mais vous ne
mourrez pas de faim et nous vivons chaque jour de
cette pitance. »

L'officier s'assit au bout de la table, devant un
des couverts resté libre. Les deux jeunes hommes
parlaient entre eux, dans le dialecte du pays, vite,
les yeux baissés, indifférents au nouveau venu.

— Alors, dit le plus vieux, « on va pouvoir
être tranquille à présent »?

Il parlait lentement, les coudes à la table, les
avant-bras posés en demi-cercle autour de son
assiette, calme, comme s'il n'avait pu savoir ce
qu'était l'insolence ni la crainte.

— Comment ?

Le mot était parti, sur un ton de commandement, sec. D'un seul coup, les deux garçons relevèrent la tête.

— On a besoin de tranquillité, reprit le vieux,
aussi calme, aussi indifférent. « Nos pays sont rui-
nés, Monsieur, des fermes se vident, de tout côté. »
— Il fallait bien pourtant...

A regret l'officier allait accepter cette inutile
discussion, mais la porte s'ouvrit et l'ancien soldat
parut, un peu gêné semblait-il. Il ne dit rien,
ébaucha un salut et vint s'asseoir auprès du voyageur, devant le dernier couvert resté libre.

Le vieux se retourna vers la fille :
— Hé, Maria, tu peux verser la soupe... Si
Monsieur aime le lard... C'est naturel et bon pour
ceux qui ont fait une longue route.

Pendant que la fille servait, une vieille femme
entra dans la pièce. Un foulard noir, orné de raies
blanches sur les bords, lui couvrait la tête et venait
se nouer sous son menton, à la mode du pays. Elle
était petite et semblait avoir perdu de sa taille en
vieillissant, mais le visage était vif, sauvage, animé
par de petits yeux noirs pareils à ceux d'une bête
des bois agile à la course. Tandis que la jeune fille
emplissait son assiette d'une épaisse soupe
paysanne, de haricots et de pommes de terre, et
choisissait, pour lui, avec sa longue cuiller, un
morceau de lard, le voyageur regardait la vieille
qui ne l'avait même pas salué en entrant. Cambrée
par le poids de la marmite, les muscles tendus, la
fille soufflait doucement, sous cet effort, à côté de
lui. Il sentit tout d'un coup contre sa hanche le
frôlement d'une cuisse ronde. Un léger sourire
plissa ses lèvres, il déplaça légèrement sa jambe
pour augmenter cette pression et, brusquement, ne
sentit plus rien. Il crut à un geste maladroit mais
continua de sourire en commençant à manger, tan-

dis que la fille servait les autres hommes, le vieux d'abord, et l'ancien soldat le dernier.

— Monsieur vient de loin? dit le vieux après quelques instants de silence. « Sans vouloir trop parler et d'autres affaires que les nôtres, vous avez dû passer par Nîmes... A voir votre cheval, on jurerait qu'il vient de plus loin encore. »

— Il vient de plus loin, mais je suis au bout du voyage.

De chaque côté de la cheminée, droites, leur assiette sous le menton, les deux femmes mangeaient en silence. Les deux garçons ne semblaient pas comprendre le français.

— Millette aussi a couru le monde, reprit le vieux avec un air ironique. « Il y a même laissé un bout de jambe. Il a beau n'être ici que le domestique, il vous donnera la question et la réponse mieux que nous. »

— Nous avons déjà parlé sur la route, dit l'officier en se tournant vers l'ancien soldat. Puis, dans un mouvement de colère : « C'est même lui qui m'a le mieux reçu dans vos montagnes ».

— Ça se comprend. On l'a un peu changé au service. Nous autres, on est restés pareils et le bavardage n'est pas notre fort.

Le vieux se tourna vers ses garçons et se mit à parler avec eux à voix basse toujours si calme qu'il ne semblait pas avoir senti son insolence. Seul, séparé du monde, diminué devant lui-même, parce qu'il sentait ce monde hostile et, plus encore, brisé de fatigue et rendu indifférent à tout par la solitude, le voyageur ne répondit rien. Courbé sur son assiette, il acceptait maintenant cette hospitalité insultante et ce mépris à peine dissimulé.

Le pâtre boiteux semblait aussi n'avoir pas compris l'insolence de son maître. Résigné sans doute,
depuis longtemps, à subir son autorité ironique et
violente, il n'avait pas réagi devant ces dernières
paroles. Humble et obstiné, il paraissait désireux
de bavarder avec le voyageur. Celui-ci voulut rompre le mauvais accueil, en faisant bon cœur contre
mauvaise fortune.

— Alors, l'ami, tu as quitté le service après
quelle campagne ? La dernière fois que j'ai vu le
43e, c'était le soir d'Eylau...

— Ah, ah, justement, dit le vieux entre ses dents,
en se mettant à sourire.

— J'étais encore là. C'est quelques jours après
qu'une bêtise de rien du tout, aux avant-postes,
m'a pris mon morceau de jambe. On n'est pas toujours blessé en pleine bataille...

— Et tu servais depuis ?

— L'année V, mon lieutenant. Je vois encore
votre régiment, le 2 décembre... Nous avions
bivouaqué dans ce morceau de plaine, à droite
d'un village, en regardant le champ de bataille. Le
matin, il faisait un brouillard comme on en a ici,
à ne pas voir les cornes des bœufs. Nous étions
dans un creux de terre, sous des noyers, au long
d'une levée d'herbes. A suivre le mouvement de la
plaine, on sentait devant soi une espèce de colline
ou de plateau... A huit heures du matin, on n'y
voyait encore rien. On se gelait dans cette espèce
de vallon, sur des herbes droites de givre, quand
vous êtes passés, au petit trot, filant vers la droite.
Vous n'étiez guère plus d'une centaine. Le 6e avait
souffert, le long du Danube... Un camarade qui
était d'ici m'a dit : « Tiens, Millette, le 6e, c'est les

Dragons La Reine du Vigan. » On s'est distrait à
vous voir passer. On criait : « Si ça déboîte, ça va
chauffer ».

— Huit heures du matin ? On a tourné sous le
plateau, en rasant le village...

— Vous n'étiez pas passés, que la brume a
dégagé la hauteur. On nous a fait marcher en
avant, droit sur la crête...

— La plus belle histoire, dit brusquement le
vieux auquel, depuis un moment, les deux hommes
ne faisaient plus attention, « c'est encore celle de
cette bataille où vous avez mis du crêpe à vos
drapeaux ».

L'ancien soldat devint rouge et, malgré la crainte
qu'il semblait avoir de son maître, eut un mouvement de mauvaise humeur. Devant lui, sur la table,
ses mains s'ouvraient et se fermaient à coups brusques. Mais le vieux, visage immobile, un pli de
malice figé au coin des lèvres, reprit :

— Ce jour-là, on leur avait tué la moitié de leur
monde et quand même il a voulu les passer en
revue. Alors, ils ont attaché des crêpes à leur dra-
peau, pour faire voir...

— Eylau, dit l'officier, la voix lointaine, en
fixant les mains du berger, « oui, c'était le 43e, je
me souviens de vos aigles en deuil... L'empereur... »

— Ah, Monsieur, vous connaissez aussi cette
histoire ? Attendez la fin, le plus beau, quand ils
ont crié : « Vive la France, vive la paix. Du pain et
la paix. » C'est véridique, Millette a beau avoir été
un tricolore, il a crié comme les autres.

— On a tous crié, dit le berger, la tête en
oblique, les yeux fuyants. Un mauvais silence passa
entre les trois hommes. Les deux femmes, le repas

fini, arrangeaient la vaisselle. Par moments, la jeune
fille regardait l'officier, les yeux droits, hardie.

Le vieux et les deux garçons échangèrent quelques mots à voix basse et se levèrent, quittant la
table sans rien dire à l'étranger. A peine dans le
couloir, la porte de bois refermée sur la grande
salle, le vieux dit dans son dialecte :

— Celui-là, ça vaudrait la peine...

— Des tue-monde, répondait le plus jeune.

Leurs pas résonnèrent pendant un moment sur
les marches, puis, au bas de l'escalier, la porte de
l'écurie grinça, battit, et se referma sur le silence.

L'ancien soldat s'était rapproché du voyageur,
doucement, en glissant le long de la table. A voix
basse, comme s'il n'avait prêté attention qu'à sa
pipe, la tête penchée, il dit simplement :

— Mon lieutenant, gardez-vous cette nuit...
C'est toujours plus sûr... Je ne peux rien pour
vous...

Puis, à voix haute, parlant pour les deux
femmes :

— Vous ne pensiez pas traverser un pays aussi
sauvage ? Chez nous tout est reculé... Hein, Maria,
ça manque de jeunesse autour de la maison ?

— On a bien besoin de jeunesse. Ça ne sert
qu'à tromper les filles.

En répondant ainsi, du fond de la pièce, la
montagnarde continuait à regarder l'officier. Les
travaux du soir finis, la vieille était sortie sans rien
dire. Un malaise gagnait le voyageur que rassurait
pourtant la présence des deux seuls êtres qui
l'avaient bien accueilli dans cette étrange demeure.

« Quelle caverne de brigands, pensait-il. Que
veut-il dire ? Suis-je tombé dans un coupe-gorge ?

C'est pourtant lui qui m'a conseillé de m'arrêter ici. »

Puis, à haute voix, regardant à son tour la fille droit dans les yeux, agacé par le mouvement rond de ces épaules et la liberté de cette petite tête sauvage :

— Holà, vous n'êtes pas tendre pour les messieurs.

— Les messieurs pensent bien à moi ! Avec ma figure noire...

— Figure noire, jolis yeux...

— Tu n'en as jamais vu de si gentils, dit l'ancien soldat en faisant une grimace, mais la fille roula les épaules, prit une cruche sur la pierre qui servait d'évier et sortit.

Resté seul avec le boiteux, l'officier se pencha vers lui, saisit son bras gauche à pleines mains et, la bouche contre son oreille :

— Que veux-tu dire ? Tu ne pouvais pas me laisser aller coucher plus loin ?

— Mon lieutenant, le village valait encore moins pour vous. Avec les bois et la nuit, le plus sûr était encore de rester ici... Seulement, ils n'aiment pas beaucoup les militaires et la maison est bien écartée... Personne ne sait que vous êtes ici... Il vaut mieux faire attention. Je ne suis que le domestique, je ne peux que vous avertir..., mais...

Les sabots de la fille battaient contre les marches de l'escalier extérieur. Elle rentra, ployée sous le poids de la cruche pleine.

— Tu auras fini ? dit-elle au berger, « sans ça, je te verse mon eau dans le cou ».

— Vous êtes bien méchante, dit l'officier.

— Nous autres, on est un peu sauvages...

Tout en plaisantant avec la fille et tout en se laissant prendre au jeu, le voyageur pesait ses chances et pensait à ses armes restées sur le lit. Etait-on en train de les lui prendre ?

Tout d'un coup, sous la maison, un léger piétinement se fit entendre. Des pas lourds, comme d'un homme déshabitué de marcher, sonnèrent sur les escaliers. Un poing dur heurta la porte qui s'ouvrit.

Un homme âgé, enveloppé dans un long manteau bleu à pèlerine, la tête couverte d'une casquette à rabats, des mèches blanches passant aux tempes, regardait dans la pièce. L'officier se leva à moitié, sur ses gardes, puis se rassit, brusquement rassuré par un sourire surpris sur le visage du berger.

— Bonjour, Monsieur le Docteur, dit la fille.

— Bonjour... Je ne dérange pas, j'espère... Monsieur est sans doute de passage ? Il fait bon de trouver un gîte dans nos montagnes. Vous n'êtes pas de la région, à ce qu'il me semble ?

— Non, je suis de passage. Et je craignais un peu d'être surpris par la nuit en pleine route... Mais me voilà en lieu sûr.

En disant ces derniers mots, l'officier eut un demi-sourire, une contraction ironique des lèvres, à peine perceptible. Le nouveau venu s'était assis auprès de lui et, tandis que la fille lui servait du café chaud et lui coupait des tranches de pain, il regardait les culottes et les bottes d'ordonnance de son voisin. Au bout d'un moment, la voix changée, plus basse, plus amicale :

— Vous venez de loin, Monsieur... Excusez-moi, on est curieux dans nos solitudes, mais sans mau-

vaise malice... J'ai servi moi-même dans notre corps
de marine... J'étais médecin aux Grandes Indes,
mais j'ai dû me retirer voici quelques années, et
j'exerce ici, dans une demi-retraite.

— Lieutenant Armand, du 6ᵉ dragons... J'arrive
tout droit des bords de la Loire où l'armée a fait sa
retraite. Je suis venu par la vallée du Rhône et par
Nîmes, je vais à Mende où j'ai encore quelques
connaissances, des cousins éloignés... Voilà dix ans
que je suis en selle et j'ai quelque peu perdu les
habitudes de la vie civile... Mais il faut bien...

— Ce n'est pas que nous soyons sans nouvelles.
Nous n'avons su que trop tôt la défaite de nos
armes, mais que va-t-il se passer à présent ? Le
roi revient-il ? On dit qu'il serait rentré à Paris.
Nos libéraux ne voudront-ils pas remettre la République? Que fait La Fayette ?... Allons-nous pouvoir reprendre force dans la paix ?

— Je ne vois pas si loin... Pour qui a vécu cette
débâcle...

— Ah, Monsieur, depuis dix ans que j'habite ce
canton, j'ai gagné le droit de parler en campa-
gnard. Il faut penser à nos malheureuses popula-
tions. La France était à bout, il faut bien lui laisser
reprendre souffle.

— Depuis que je suis dans vos montagnes, je
n'y vois autour de moi que des gaillards. Il ne
restait pas que les enfants et les grands-pères.

Ces quelques mots, dits avec amertume, à voix
plus basse, firent légèrement sourire le médecin.

— Ne jugez pas sur des cas isolés... Et tant
mieux s'il nous reste encore quelques hommes
valides, nous n'en avons que trop perdu.

L'ancien soldat, les deux coudes à la table, la tête

dans les mains, ne perdait pas un mot du dialogue et, respectueux, approuvait le docteur. Assise au coin du feu, la fille regardait ce groupe et fixait toujours le lieutenant qui ne faisait plus attention à elle.

— Partout où je passe, dans mes défroques de vaincu, je sens la colère et la haine des gens qui m'accompagnent. A Lyon, la ville était en état de siège. Dans la vallée du Rhône, des enfants m'ont jeté des pierres. A Nîmes, il y avait des séditions et des émeutes, des hommes armés, en cocardes blanches, qui réclamaient la mort des militaires... Qu'avons-nous fait pourtant ? Nous avons donné notre sang pour le pays. Est-ce devenu un crime ?...

— Il va falloir devenir avare de sang et ne rien désirer que le travail et la paix. Ecoutez, Monsieur, je connais bien ce canton, depuis dix ans que j'y soigne les gens, un peu pour le plaisir, un peu pour abréger mes journées... Je vis seul avec ma fille, dans un domaine que j'ai eu en héritage et que j'ai fait mettre au goût du jour, avec les commodités qu'on peut avoir ici... Je connais bien le canton et je le voyais partir vers sa mort comme je vois partir un malade, avec mes yeux de médecin. Depuis que je suis ici, j'ai vu mourir des villages entiers, disparaître des industries... voici dix ans qu'il n'y a plus personne au hameau du Lingas.

— Oui, dit le berger, « et je n'en donne pas longtemps, dans la même commune, au hameau du Montlaur, au Devèze, au mas Ramel et aux Pises. »

— Il y a six mois qu'il n'y a personne à Fabrette et, tout près de là, le hameau d'Ourtigès n'est déjà plus qu'une ruine.

— Vous verrez s'il restera longtemps du monde aux Vaquiers.

— Nous avions ici une fonderie et une verrerie d'assez d'importance, on a fermé l'une en 94 et l'autre en 1810.

— Mais pendant ce temps-là, Monsieur, nous avions l'Europe à notre botte.

— Je sais bien, dit le médecin avec douceur, mais aujourd'hui...

A ce moment, les trois hommes de la maison rentrèrent dans la pièce. Le vieux serra la main du docteur et les jeunes le saluèrent en s'asseyant. Le lieutenant crut surprendre un éclair de mauvaise humeur dans leurs yeux et comme un geste de dépit.

— Vous avez attaché votre cheval devant la porte ? Nous l'avons entendu remuer du fond de la remise et j'ai bien pensé que c'était vous qui vous étiez arrêté un moment. Vous revenez des Laupies ? Et la malade ?

— Ça va. Elle est maintenant du bon côté. J'achève de manger un morceau et je repars.

— Vous ne voulez pas coucher ? On trouverait bien une place pour vous, même qu'on ait donné la chambre à ce Monsieur.

— Non, non, je connais assez bien la route et c'est bon pour le temps d'hiver de vous encombrer.

— Si j'avais su, Monsieur, j'aurais profité de votre passage pour poursuivre un peu plus ma route. J'aurais gagné une heure sur l'étape de demain. Mais, à présent, tout serait fermé au village.

— Je vous offrirais bien l'hospitalité, mais ma maison vous écarterait de votre route... Vous n'y gagneriez rien, et le village... Du reste, vous serez ici aussi bien que chez moi... Si, pourtant, vous aviez besoin de quoi que ce soit, dans notre région, je serais heureux de faire pour vous tout ce qu'on peut faire pour un ancien camarade.

L'officier remercia, rassuré, pensant qu'il ne pouvait plus rien lui arriver de fâcheux, maintenant que le docteur l'avait vu dans cette maison.

— Alors, Monsieur le Docteur, dit le vieux, « on va pouvoir vivre un peu tranquilles sans avoir besoin de cacher nos garçons et sans être toujours à regarder si les gendarmes ne viennent pas chez nous ? Depuis dix ans, j'ai toujours deux fusils chargés à balles, pour être sûr de rester maître chez moi. Est-ce le moment de les bourrer avec du plomb de lièvre ou de perdrix ? »

— Allons, Pailhan, ne te fais pas plus mauvais que tu n'es, tu n'aurais pas tiré sur les gendarmes et ils t'ont laissé bien tranquille.

— Parole d'honneur... fit le vieux, crachant par terre, la main tendue, ses doigts courts et noueux réunis, ployés en arc de cercle par la contraction des muscles, « parole d'honneur, je l'ai toujours dit. »

L'officier écoutait, comprenant mal, hésitant à comprendre clairement. Alors le vieux, attaquant brutalement, les yeux droits :

— Vous comprenez, Monsieur, je n'ai jamais voulu que mes garçons aillent tirer au sort. J'avais besoin d'eux pour la maison et pour les terres. On a cherché à me faire peur avec tout, les juges, les gendarmes, le Bon Dieu. Il y a dix ans que ça dure et je n'ai pas cédé d'un pouce... Les autres partaient, quittes à revenir un ou deux ans après, déserteurs. Mes petits n'ont rien déserté du tout... Hé, Monsieur, avez-vous regardé notre montagne en venant ici ? Tout ce grand tènement de prés et

de bois, c'est nous autres qui le gardons. Il y a
du travail pour plusieurs hommes. Alors, il aurait
fallu que ça redevienne sauvage ? Ça n'a pas de
raison de faire partir tous les hommes. Alors, les
filles, les maisons, les terres ? Voyez la fille, elle
n'a pas un homme sous la dent, à vingt-deux ans
sonnés à la Saint-André...

— Tant mieux si votre conscience est pour vous,
dit l'officier, tournant à moitié le dos, résolu à ne
pas se laisser entraîner à une dispute.

— Allons, dit le docteur, « maintenant tout ça
est fini, ce n'est pas le moment de s'échauffer la
tête... Tiens, Pailhan, apporte une bouteille de vin,
nous allons boire à la santé de tous. »

Le vieux sortit avec sa fille qui portait un des
quinquets. L'ancien soldat mâchait une chique et
crachait dans le four en battant la mesure d'une
chanson avec sa jambe blessée.

— Ce ne sont pas de mauvaises gens, dit le
docteur, « travailleurs, économes, durs à la peine,
mais trop paysans, trop montagnards pour comprendre autre chose que la terre et que la montagne. »

Comme l'officier, gêné, regardait vers les deux
garçons toujours assis à la table :

— Non, non, ils ne parlent que le patois du
pays. C'est encore fréquent et ils ne sont jamais
sortis de ces montagnes... Deux garçons magni-
fiques, forts comme leurs bœufs, courageux, je vous
jure... Mais ils n'ont pas la tête faite pour servir,
surtout pendant des années et des années. Les
guerres duraient depuis trop longtemps. Encore
deux ans, et vous n'auriez plus levé un seul homme
dans nos cantons.

Le vieux revenait. Il avait choisi dans la cave deux bouteilles de vin, soigneusement cachetées par lui de cire rouge. Sa fille le suivait, les bouteilles sous le bras.

— Buvons à la tranquillité, dit le vieux, « et santé », ajouta-t-il en tendant son verre vers l'officier. « Touchez là, Monsieur, sans rancune, on dit ce qu'on pense. »

Le vin était léger, net, allègre, bonifié par la cave fraîche et le sable fin qui la tapissait et poudrait encore les bouteilles. Le docteur but, les yeux mi-fermés, son long visage maigre détendu, sa bouche charnue claquant à petits coups.

— Il faut que je parte... Ecoute un peu, Maria, dit-il en se tournant vers le mur et en sortant son porte-monnaie.

— La tournée est pour moi, dit le vieux... « Maria ».

Sa voix avait été si courte, si autoritaire que l'officier le regarda, étonné. Rarement, il avait entendu ton de commandement aussi net, aussi décisif. La fille s'arrêta d'un coup, tortillant le bout de son tablier entre ses doigts. Le docteur eut un geste résigné :

— Je n'insiste pas... Je te connais trop, Pailhan. Chose dite, chose tenue. Merci donc... Vous ne pensez pas vous attarder un peu dans nos régions, Monsieur ? Elles en valent pourtant la peine. Les curiosités naturelles ne nous font pas défaut, ni l'excellence de l'air. Mais, sans doute, avez-vous d'autres soucis en tête.

— Non... si ce n'est la hâte d'arriver au but, dans l'espoir de voir changer un peu ma vie. Je ne dis pas de ne point revenir. J'ai vu bien des pays, mais ces montagnes me plaisent.

— J'ai beaucoup voyagé aussi, mais je trouve
ici plus d'agrément que dans mes souvenirs eux-
mêmes... Ce calme pastoral, ces vastes étendues...
Nous avons aussi quelque chose comme la bouche
de l'enfer. Ne manquez pas d'y jeter un coup d'œil
en passant, demain, sans vous détourner de votre
route. C'est après avoir laissé le village à votre
gauche, derrière un repli de terrain, que vous pourrez voir cette étrange caverne.

— La route ne traverse pas le hameau ?

— Non, non, vous le laissez à main gauche.
Inutile de faire le détour, cela vaut mieux... Au bas
de vallée, vous obliquerez à droite, vers le petit col
et c'est là que vous pourrez apercevoir notre abîme.

— Il y en a deux de ces portes de l'enfer, dit le
vieux, « la carrée et la haute... La haute, c'est le
Bramabiau, le taureau qui brame, et il brame pour
de vrai, aux grandes eaux... L'autre n'a pas de
nom... »

— Oui, oui, mais ce sont peut-être les deux
côtés d'une même caverne que le ruisseau traverse
de bout en bout.

— Ça, vous le dites, mais je ne peux pas le
croire... Personne n'est jamais entré bien loin dans
cet enfer... Je me suis pourtant laissé dire que vous
y étiez allé voir plusieurs fois.

— Il faut tout voir et tout connaître... Mais
je ne suis pas allé bien loin...

Les adieux furent brefs. Le médecin renouvela
ses offres de service à l'officier, serra les mains,
plaisanta la fille qui descendait avec lui pour lui
tenir l'étrier et disparut, sur sa bête, au coin de la
maison, dans le petit brouillard fin qui glissait

au ras du col. Pendant une minute, le bruit des
fers du cheval, sonnant sur les pierres, arriva jusqu'à la maison. Le groupe des hommes se pressait
sur l'étroite plate-forme des escaliers, devant la
porte. La fille remontait lentement les marches.
Les bruits s'espacèrent et tout retomba au silence.

— Allons, bonsoir, dit l'ancien soldat, « moi je
couche au palier, dans la remise. Tout ira bien, ne
prenez pas souci de votre cheval. Il sera soigné. »

Il descendit les quelques marches et ferma la
porte de la remise. Le cheval hennit doucement et
l'on entendit l'homme qui lui parlait en s'appro-
chant de lui.

— Une belle bête, dit le vieux.

Ils restaient là, tous les cinq, devant la porte,
arrêtés par la fraîcheur de la nuit, humant l'air,
écoutant. Comme s'il lui avait fallu un long temps
pour percer ce silence, le bruit de l'eau monta
tout d'un coup derrière la maison. Un cercle
d'ombre et de silence, au-delà duquel plus rien
n'existait, semblait être tombé autour du col.

Les deux garçons rentrèrent les premiers et
gagnèrent leur chambre sans tourner la tête. Le
vieux poussa sa fille dans la salle, et, quand l'officier fut rentré, verrouilla la porte.

— Inutile de me réveiller demain, je n'ai pas
une si longue route à faire.

La fille allumait, pour lui, une petite lanterne à
huile. En la prenant, il sentit ses mains, âpres et
chaudes. Mais le vieux, du fond de la pièce, les
regardait.

— Bonsoir, dit-il.

— Bonsoir, Monsieur, dit la fille.

Il suivit le petit couloir de bois. Derrière lui,

deux portes se fermèrent. Il entra dans son réduit,
posa la lanterne sur la chaise, à la tête du lit et,
tout de suite, regarda vers ses armes. Le sabre
et les deux pistolets étaient toujours à leur place.
Il vérifia les amorces, regarda si les lumières étaient
toujours garnies et posa son arsenal auprès de
lui, sur la chaise où il avait déjà placé sa lanterne.
Rassuré, il s'occupa de fermer la porte : ni serrure
ni targette. Un loquet extérieur permettait d'ouvrir
sans aucune peine. Il examina ce loquet et déplaça
légèrement la came intérieure. De cette façon, la
porte continuait à s'ouvrir mais devait faire plus
de bruit et grincer à la moindre tentative. Il s'assit
sur le bord du lit, sembla réfléchir un moment,
haussa les épaules et, s'étant levé, se déshabilla.
Quelques minutes après, il soufflait la lanterne et
se couchait. De son lit, il vérifia dans l'obscurité
qu'il pouvait atteindre son sabre et ses pistolets à
la moindre alerte, sans tâtonner. Dans cette obscurité, dans ce silence, il resta quelque temps sans
pouvoir s'endormir.

Devant lui, la lucarne aux vitres sales faisait une
tache grise, triste, immobile. Parfois, le couloir
craquait, comme lentement soulevé sur sa charpente par une immense et longue vague. Au bout
d'une heure, rien ne bougeant plus, le voyageur
s'assoupit et perdit toute conscience.

Il fut brusquement arraché à ce sommeil par
un léger bruit, contre la porte de sa chambre. Il
ne put se rendre compte de l'heure qu'il était ni
du temps qu'il avait passé à dormir. Il se souleva
sur son lit, tendit l'oreille, allongea le bras vers la
chaise, sentit la poignée de son sabre, hésita,
tâtonna un instant, cherchant la crosse de son

pistolet, se ravisa, prit son sabre qu'il avait dégainé, pivota sur son lit et attendit.

Contre la porte, le grattement s'interrompait, reprenait, devenait plus fort et s'arrêtait alors brusquement. Quelqu'un cherchait à soulever le loquet sans faire de bruit et, gêné par le déplacement de la came et par la résistance inattendue qu'elle opposait, agissait par à-coups. A chaque bruit plus fort, la pression s'arrêtait si brusquement que le loquet revenait un peu en arrière, perdant une partie de la course gagnée, ajoutant un son différent à tous les autres. L'officier suivait ces bruits, l'oreille rendue plus fine par l'obscurité, anxieux et passionné à la fois. Brusquement un petit claquement sec se fit entendre : le loquet venait de se dégager de la gâche, rendant libre la porte qui s'entrouvrit du coup, grinçant un peu, aussi vite retenue par la main qui tenait la poignée. Dans le silence aussitôt refait, l'officier entendit nettement une respiration courte, rapide.

— C'est le vieux, ou l'un des garçons tout seul, se dit-il.

Après tous les grincements qui avaient trahi l'ouverture du loquet, le visiteur marquait un temps de silence. L'officier leva doucement son sabre, suivant la muraille du plat de la lame, au long de la porte. Il amena ainsi son arme juste dans l'embrasure, prêt à frapper au moindre bruit dans l'espace laissé libre entre le mur et la porte à demi ouverte.

Il continuait à entendre l'inconnu respirer à côté de lui. A genoux sur son lit, la main gauche crispée au bord du matelas pour maintenir son équilibre, la droite levée, tenant son sabre au-dessus de la porte, il n'avait aucune peur ni aucune angoisse. Cet incident l'amusait même un peu, sûr qu'il était de pouvoir résister, ainsi réveillé et sur ses gardes, avec sa lame courte, si bien en main, et ses deux pistolets auprès de lui.

La porte craqua doucement. Jugeant sans doute le silence assez lourd, le visiteur continuait à ouvrir. Le lieutenant frappa en avant : sa lame heurta un taquet de bois, dévia un peu, reprit sa course droite, perpendiculaire, frappa quelque chose avec une vitesse amortie mais dure encore.

Un cri étouffé, comme à travers une main vite portée à la bouche et mordue, un piétinement, le bruit du loquet brusquement abandonné et qui retombe, une fuite légère, droite, de deux pieds nus à travers le couloir : le silence.

— J'ai dû cogner sur le poignet... pas trop fort, j'étais mal placé et j'ai heurté quelque chose... Mais quand même...

Il attrapa la lame courte dans sa main gauche, la sentit un peu mouillée au bout. Il l'essuya entre deux doigts, les porta à son nez, y appuya la langue une seconde et dit :

— Sang.

Puis, dans la nuit, il se mit à sourire, dodelinant de la tête.

Tout était calme. Il referma la porte avec soin replaça la chaise et ses armes auprès de lui et s'endormit brusquement, sûr de n'être plus inquiété.

— Simplement voleurs, dit-il deux fois en perdant conscience.

Au-delà du sommeil, il retrouvait l'insouciance de la jeunesse et ses bras ouverts, à demi nus, glissaient doucement sur son visage, comme une chair étrangère.

UNE jeune fille en robe claire, une minuscule ombrelle sur l'épaule, appuyée au bord de son chapeau de paille, remontait la rue du village à petits pas. Ses pieds battaient les bosses de rochers qui saillaient au-dessus des ornières faites par les chars et sa marche semblait hésitante et légère dans le balancement de l'ample jupe à fleurettes, ronde comme un cerceau et soulevée parfois d'une crispation de la main, devant les flaques d'eau ou les mares de boue. Elle regardait le sol avec attention, en penchant le cou, en inclinant son long visage. Ce visage était beau, un peu maladif peut-être, d'un teint mat, uni, laiteux. Deux yeux relevés vers les tempes y faisaient des taches noires, sous la demi-lune des sourcils et l'ombre battante des paupières.

— Voilà notre demoiselle qui arrive... M. le Docteur a dû rentrer tard, hier au soir. Bonjour, Mademoiselle, vous venez aux provisions ?

— Bonjour, Madame Pagès. Quelle affaire pour trouver des fruits. C'est chaque fois une aventure. Avez-vous quelque chose pour moi aujourd'hui ?

— Irénée est venu de Trèves avec la voiture. Il a monté des prunes et des raisins. Des reines-claudes

et des blancs de la Madeleine. Les petites de
Michel sont aussi allées aux framboises. Ce sont les
premières. Si le cœur vous en dit, elles en ont un
plein seau... Alors, hier, Monsieur le docteur est
allé aux Laupies pour voir la cousine d'Alphonse.
On la disait morte. Il l'a fait revenir de loin.

— Et les nouvelles, Madame Pagès, on ne sait
rien de plus ?

La jeune fille était entrée dans la maison et s'était
assise auprès de la fenêtre dont les volets à moitié
clos ne laissaient voir qu'un bout de la ruelle.
La grande cuisine irrégulièrement dallée que
Mme Pagès avait transformée en épicerie, en dépôt
de fruits et de mercerie, était sombre et fraîche.
Sa voûte d'arête mal crépie reposait sur d'énormes
murailles creusées de niches et d'armoires. Presque
tous les matins, Amélie Thérond y restait un long
moment, bavardait, faisait ses commandes. Elle
rompait, là, pour une heure, la vie solitaire qu'elle
menait avec son père, dans le domaine de Saint-
Sauveur, à quelques lieues à l'ouest du village.

— Non, on ne sait rien de plus. Mais c'est bien
assez comme ça. Les tricolores et les blancs se
battent un peu partout, et la religion commence à
s'en mêler... Nous n'avions pas besoin de ces nouveaux malheurs.

— Au moins les guerres sont finies... On disait
pourtant que l'armée de la Loire était prête à
rentrer en campagne... C'est dur d'être battus...

— Nous n'en serons ni plus gros ni plus maigres.
Que chacun reste tranquille chez lui... Quelle idée
d'aller se promener si loin... Ceux qui en reviennent
sont malades et ne sont bons qu'à avoir des enfants
idiots. Ces campagnes de Russie nous ont donné

trop de grosses têtes et de petites jambes... Mais je déparle, il faut penser à ce que nous mangerons aujourd'hui.

Amélie caressait de ses mains ouvertes les paniers de fruits entassés près de la fenêtre. On la disait malade et l'air de fatigue coupé d'éclairs qu'elle traînait avec elle le donnait à penser. Elle parlait lentement, le cou ployé, les mains traînantes, avec de brusques mouvements de vivacité :

— Des raisins... Oui, ce sont les premiers qui nous arrivent. Ils ont belle couleur... Irénée n'a pas rapporté d'autres nouvelles ?

— Il se soucie bien de ce qui se passe. Rôder le pays à la recherche de tout ce qu'on peut acheter lui suffit... Il dit seulement que les gendarmes ne savent plus quelle cocarde ils doivent porter et qu'ils ont la blanche et la tricolore dans leur poche.

Amélie grapillait dans le panier de raisin et, parfois, d'un pincement des doigts, arrachait un grain qu'elle croquait comme un bonbon.

— Ils ont l'habitude... Voilà trois mois qu'ils ont changé pour la seconde fois.

— Et chaque fois plus royalistes que le roi...

— Ils sont tous pareils, mais le petit, celui qui a le cou plus gros que la tête, est le plus drôle... Ils passent parfois à Saint-Sauveur et nous font des discours... C'est toujours lui qui se met en avant.

— C'est un brave homme, pas trop méchant pour son métier, mais il a fait la girouette à tous les vents... Vous n'étiez pas ici, Mademoiselle, au temps de la République. Il était républicain, délégué au district et marchand de discours. Après, il a tenu pour Bonaparte.

— Et puis pour l'empereur, et puis pour le roi...

Brusquement, les deux femmes s'arrêtèrent de parler. Elles se regardèrent et, d'un même mouvement, se penchèrent vers la fenêtre. Une rumeur grandissait dans la ruelle. Entre la fissure des volets, Amélie aperçut une petite foule qui tournait sur elle-même. Elle faisait comme une roue autour d'un homme qui parlait avec de grands gestes. Des gens sortaient en courant de toutes les portes des maisons et grossissaient ce cercle tournoyant fait d'épaules et de visages.

— Un malheur, dit l'épicière.

— Ou quelque nouvelle... Allons voir, voulez-vous ?

Les deux femmes sortirent à pas pressés et se mêlèrent à la foule. Tous ceux qui les entouraient semblaient atterrés et furieux. Un grand garçon maigre, à la peau tannée, la chemise ouverte, un long fusil à un coup en bandoulière, répétait inlassablement les mêmes gestes secs vers la sortie du village, du côté de la route de Meyrueis.

— Albin, l'aîné des garçons de la Serreyrède, est tué.

— Un malheur... Ne restez pas là, Mademoiselle. Ce n'est rien de bon pour vous. Rentrez chez moi, allez vous asseoir... Je reviendrai vous dire.

Mais la jeune fille était devenue blanche, crispée, comme sourde. Sous sa peau, par endroits, des petites plaques brunes, comme d'une terre écaillée et desséchée au soleil, dessinaient des réseaux bizarres. Elle se haussait sur la pointe des pieds et serrait ses longs doigts à mouvements lents.

— Tué, disait-elle. « Mon père était chez eux, hier au soir. Est-on sûr qu'il soit mort... Allez chercher papa », ajoutait-elle en criant presque, d'une voix autoritaire et maladroite, enfantine et sans réplique. « Allez chercher papa. »

L'homme au fusil la regarda, d'un coup d'œil qui remontait, en faisant basculer son arme, d'un mouvement parallèle à son regard :

— Sauf respect, ce n'est pas la peine. Plus personne n'y peut rien... Il a reçu un coup de pistolet droit sur la tête et si près que la poudre a brûlé ses cheveux. Il est noir comme du charbon de bois et la balle a fait un trou où le poing passerait.

— Alors, dit un homme d'âge, en veste de futaine, cravaté d'une mince cordelière, retombant en double ganse, vous avez laissé filer l'assassin ? Trois gaillards de votre âge, pourtant ».

— Monsieur de Saint-Sauveur, c'est un gaillard plus fort que nous. Nous l'attendions pourtant et c'est lui qui a eu la belle.

— Mais qui est-ce donc ? Il est du pays ? C'est un rôdeur ?

— Laissez-moi dire... Ce matin, j'étais allé voir du côté de la Caumette si je ne pourrais pas tirer un lièvre. A la Baraque Neuve, je rencontre les deux garçons de la Serreyrède, Albin et Félix, avec leurs fusils aussi. « Viens avec nous, qu'ils me disent, nous sommes sur une plus grosse bête. Il faut mettre la main sur un particulier et l'amener au maire. C'est quelque officier de l'empereur, il doit chercher à faire des émeutes ou à lever encore des soldats de par nos côtés, il a couché à la maison cette nuit. Le père est parti devant pour aller avertir le maire et nous allons nous poster près du village pour l'arrêter quand il passera. Il faut voir un peu ce qu'il veut. Donne-nous la main. Par ces temps de malheur, il faut faire attention à tout. » Nous partons donc jusque vers l'Aubrespi, sous la Croix de fer, là où la route tourne à droite devant les grandes grottes et nous nous installons à côté d'une aubépine.

— Et le père ?

— Le père ? Il cherchait M. de Camprieu dans le village. Je ne sais pas s'il l'a trouvé. Enfin, au bout d'un moment, voilà l'homme qui arrive. Il était à cheval, tranquille. Quand il est à trois pas de nous, nous sortons de l'aubépine, le fusil à l'épaule, tant nous étions sûrs de nous. Les garçons ne savent pas le français. Alors, moi, je me mets devant le cheval, Albin sur la gauche, Félix sur la droite et je crie : « Excuses, Monsieur, il faut nous suivre au village. Le pays n'est pas sûr par ces temps. » Albin avait pris le cheval par la bride. En moins de dix secondes, le cavalier a sorti un pistolet et pan, en pleine tête du garçon. L'Albin tombe. De surprise, j'ai sauté en arrière, Félix aussi. L'autre en profite, enlève son cheval et part sur sa gauche, droit sur la grotte.

— Tonnerre de Dieu, la prise devait être bonne... Alors, il s'est échappé ?

— Non, non, pas comme ça. Félix prend son fusil. Le temps d'épauler, l'autre était loin. Félix tire, trop vite, au coup de bras, comme pour un lapin. Le cheval fait encore dix pas, s'abat, le cavalier tombe, vide la selle, se relève et part en courant, nous derrière, vers les grottes. Le ruisseau était presque à sec, il le gaze, monte sur les grandes pierres de l'entrée, traverse le premier couloir à la course, sans que nous puissions le tirer, passe le Balset, prend à sa gauche et se perd dans les galeries.

— Tonnerre de Dieu, quelle histoire, il n'a pas pu aller bien loin, il faut garder la sortie.

— Félix est là-bas... Il a rechargé son fusil. Si l'autre sort, il est sûr de son compte. Mais nous avons fouillé les premières galeries, il a dû aller loin.

— C'est l'officier dont m'a parlé mon père, se dit Amélie, presque à voix haute, atterrée, toujours frappée par la même pâleur.

— Bande d'assassins, disait une voix d'homme, hachant les s, scandant les syllabes. « Il faut le faire crever dans le trou et monter la garde pendant un mois pour être sûr qu'il n'en réchappe pas. »

Le village entier était maintenant rassemblé dans l'étroite ruelle et, sous une bousculade, remontait vers la petite place. Il ne manquait que le maire, parti de bonne heure pour aller jeter un coup d'œil sur des terres qu'il avait du côté du domaine du docteur. Le vieux de la Serreyrède était passé chez lui, avait parlé à la servante et était parti à sa recherche, sans voir d'autres personnes.

— Ils vont revenir... Monsieur n'est pas descendu plus loin que la rivière basse.

— Qui va lui parler de son garçon ?

— Oui, on ne peut pas laisser Albin dans les champs, il faut aller le chercher... Les bêtes s'y mettraient dessus... Tu es bien sûr qu'il est mort ?

— Prenez un drap... Chez ses cousins... C'est la famille.

Des enfants qui étaient allés du côté de la rivière pour voir si personne n'arrivait, grimpèrent tout à coup la ruelle, les sabots aux mains, courant comme des chèvres.

— Les voilà... Le vieux, M. le maire et M. le Docteur. Ils viennent.

La petite foule s'ouvrit, se disposa en arc de cercle et l'homme à la veste de velours se plaça au centre avec le garçon qui tenait toujours son fusil.

— Qu'est-ce que c'est que tout ce monde ? Vous avez mis la main sur cet individu ? Où est-il ?

— Ah, Monsieur, il court encore... Quel malheur.

— Mes petits ?

— Félix est devant les grottes... L'autre s'y est caché dedans... et...

— Albin ?

— C'est le malheur... Quand nous avons voulu l'arrêter, l'autre lui a tiré dessus. Il a reçu un coup de pistolet dans la tête.

— Il est blessé ?

— Un coup de pistolet... Si près, sur la tête, vous savez...

— Il a tué mon petit ! Il a tué mon petit !

Le vieux hurlait, sans un geste, comme une bête au ferme, face au danger.

— Mon petit ! J'aurais bien pu lui tordre le cou, hier soir, à cet assassin. Où est mon petit... Monsieur le Docteur, faites quelque chose.

— Où est-il, comment est-il blessé ?

— Il est resté sur le pré, là-bas, à l'aubépine, contre la route... Non, rien à faire... Il a...

— Mène-moi, mène-moi.

— Et gardez la sortie. Prenez tous des fusils, la bête est dangereuse... Non, non, pas de femmes, des hommes seulement.

— Rentre, Amélie, retourne chez Madame Pagès.

En quelques minutes, des hommes revinrent, le fusil à l'épaule, dans leurs vêtements de travail. Sur la petite place, ils vérifiaient les amorces de leurs armes et certains d'entre eux, dont les fusils étaient déchargés, versaient la poudre, bourraient, mettaient les balles qu'ils avaient fondues pour les loups et rebourraient encore, à petits coups secs et précis.

— En avant, dit le maire, « que ceux qui sont armés aillent aux grottes. Conduis-les, toi. N'oubliez pas de prendre de quoi vous éclairer, il faudra fouiller jusqu'à ce qu'on le trouve. Nous autres, nous allons chercher Albin ».

A cent mètres du village, les hommes armés descendirent vers les grottes, le fusil à la main, sautant les roches, largement déployés, battant le terrain planté d'arbustes, de buis et de genévriers. L'autre groupe continua sa marche vers la route.

Chemin faisant, le docteur s'était rapproché du vieux de la Serreyrède qui allait, les dents serrées, les yeux dilatés, silencieux.

— C'est l'officier d'hier soir ? C'est incompréhensible. Qu'est-ce qui a bien pu lui prendre ? Il n'avait pas l'air d'un mauvais homme.

— Des assassins... Sans vous, je lui enlevais ses pistolets, ils étaient sur son lit et nous l'emmenions ici, le fusil dans les reins. J'avais bien senti le malheur. Ça se connaît comme le temps... Avoir gardé mon petit dix ans, contre tous.

En contrebas de la route, à cinq mètres de l'aubépine, dans l'herbe rase, brûlée de soleil, craquante et poussiéreuse, le garçon était étendu, les bras en croix, la face au ciel. Du premier coup d'œil, le vieux comprit, resta debout, les lèvres bleues. Le

docteur et le maire s'agenouillèrent et le docteur
souleva doucement la tête molle, ballante dans sa
paume ouverte. Les cheveux étaient brûlés, un trou
noir, bordé de sang caillé, s'ouvrait sur le haut du
crâne. Le docteur reposa la tête sur l'herbe, glissa
la main dans l'ouverture de la chemise, la retira,
frôla les doigts.

— Il n'a pas dû souffrir, dit-il au père, « sur
le coup ».

Il s'était relevé et, de sa joue, frôlait la joue du
vieux montagnard. Il posa la main sur l'épaule du
vieux, la serra, dénoua son étreinte et se découvrit.

— On va le ramener, chez nos cousins... Ah,
vous avez un drap. Couvrez-lui la figure... Je rentre
aussi. Renvoyez-moi Félix, ce n'est pas convenable
qu'il reste... Demain, s'il le faut, nous vous prête-
rons la main. Malheur de malheur !

Deux hommes avaient apporté une longue plan-
che. Ils y posèrent le corps roulé dans le drap.
Le père avait voulu joindre lui-même les deux
mains déjà raides. Ce fut le seul contact qu'il eut
avec le corps de son fils. Puis, brusquement :

— Et vous autres, regardez bien... Tirez dessus.
On fouillera toute la terre s'il le faut. Tirez dessus
sans rien dire. Pas besoin de parlementer. Il en
massacrerait d'autres... Tuer des hommes comme
ça. Assassin, assassin. Des hommes de trente ans...

Le cortège se mit en marche. M. de Camprieu
et le docteur Thérond le laissèrent aller vers le
village et descendirent vers les grottes. A cent
mètres de la route, le cheval de l'officier était couché, vivant encore mais blessé, perdant son sang,
les cuisses criblées de chevrotines.

Dans le grand couloir d'entrée de l'abîme, haut

de dix mètres, large de huit, carré comme un
péristyle d'hypogée, dix hommes en armes faisaient
un premier barrage, grimpés sur les rochers pour
surveiller ce dédale et en battre les moindres che-
minements.

— Rien ?

— Non, les autres sont en avant. Il ne peut pas
sortir sans être vu.

Grimpant sur les blocs, suivant les petites grèves
de sable et de cailloux, cheminant au long des
corniches, les deux hommes gagnèrent le fond du
grand couloir. Là, un effondrement de la voûte
ouvrait sur le ciel un immense entonnoir et redonnait du jour à la grotte. Des arbustes poussaient
sur les pentes abruptes de cet aven et, dans leurs
branches entrelacées, on voyait dériver des nuages.
Sous cette lumière étrange, le grand couloir obliquait vers la gauche et, en quelques mètres, se perdait dans l'obscurité. Sur la droite de ce couloir,
des galeries étroites s'ouvraient dans le roc et
menaient au fond de l'abîme.

D'autres hommes armés étaient là, entourant
Félix. Celui-ci parlait à grands gestes, dans le dialecte de la montagne :

— Il a sauté ici-dedans... C'est un couloir qui
mène à une grande salle, mais après on trouve
l'eau... Il n'a pas dû pouvoir aller bien loin.

— Rentre, Félix, dit le maire. « Ton père te
réclame... On a ramené Albin au village. N'aie
crainte, on fera ce qu'il faut. »

Félix, les yeux fous, la lèvre inférieure saillante,
fit quelques pas :

— Vous voulez mon fusil, Monsieur le maire ?

— Merci, je veux bien. Une arme de plus...

Seul, dans cette troupe d'hommes, le docteur
n'était pas armé. Félix parti, ils tinrent un petit
conseil de guerre.

— Qui connaît un peu la grotte ? Nous allons
y descendre. Il faut trouver ce bandit.

— Monsieur le docteur, on dit que vous avez
souvent visité l'abîme. Pouvez-vous nous y
conduire ?

— Non... Je connais surtout l'autre grotte... Sur
l'autre versant du plateau. Là où l'eau sort en
cascade. Ici, je connais mal... Je sais, comme
tout le monde, qu'il y a un couloir, puis une salle,
avec un grand bloc au fond et après un petit
lac.

— Je connais aussi, dit un garçon, « la galerie
est étroite, par endroits. Il a pu grimper sur les
corniches, il faudra fouiller partout. Après ça, la
salle est vaste et il y a des galeries de tous côtés...
Plus loin, on peut se perdre... Si on ne le trouve
pas là, il n'y aura plus qu'à le bloquer. La faim
le fera bien sortir... Ou alors il crèvera... et que les
bêtes le mangent, avec la pourriture ».

Ils allumèrent des torches et des lanternes qu'ils
avaient apportées. Les deux plus vieux restèrent
dans le couloir et les autres, six hommes, entrèrent
dans la galerie. Ils étaient obligés de marcher à la
file indienne, au-dessus des flaques d'eau qui lui-
saient sous la lueur des torches. Les plus jeunes
grimpaient contre les parois et visitaient les corniches, l'arme prête.

Au bout de quelques mètres, cet étroit couloir
s'ouvrait sur une vaste salle si haute de plafond
que, malgré les torches, ses voûtes restaient obs-
cures. Les hommes se répartirent en éventail et

commencèrent à regarder le sol, en cherchant à y découvrir des empreintes et des signes.

Le maire et le docteur, barrant l'entrée de la galerie, laissaient faire et bavardaient à voix basse.

— S'il meurt là-dedans, disait le docteur, « il faudra des mois pour s'en apercevoir... Vous savez, la décomposition est lente dans cet air pur et sans mouvement. Au cours des quelques explorations que j'ai faites dans ces abîmes, j'ai souvent trouvé des charognes, des moutons, des chèvres, parfois des vaches. C'est un spectacle effrayant. Il y a une décomposition particulière à ces profondeurs. Les corps gonflent de deux ou trois fois leur volume, deviennent blancs, cireux, gardent leur forme. C'est le blanc de cadavre... Mais un coup de pied suffit à faire effondrer ces boursouflures macabres... Si ce pauvre garçon meurt ici, on le retrouvera un jour, comme un géant obèse, en cire molle ».

— Ce pauvre garçon... Vous le prenez à votre aise... Un assassin, un bandit de grand chemin, un conspirateur sans foi ni loi.

— Oui, je sais bien... Pourtant, le hasard me l'a fait rencontrer, hier au soir. Il n'avait pas l'air d'un méchant homme. Quelque officier de cavalerie, dragon, je crois, désemparé par les événements. Je ne comprends rien à ce qui a pu se passer...

Un des hommes se souleva lentement, en gardant l'index sur une empreinte laissée sur la grève :

— Voyez, Monsieur, il est passé par là. On voit le talon de ses bottes sur le sable, on peut même suivre la piste pendant quelques mètres, puis elle se perd sur le rocher... Non, il y a là une éraflure, c'est un fer de soulier... Il a dû monter cette dalle, il faut chercher derrière.

Ils escaladèrent la dalle, redescendirent de l'autre côté, s'avancèrent un peu sur une pente de sable et, au bout de quelques mètres, se trouvèrent devant un petit lac.

— Il n'y a plus de traces sur le sable. Où est-il passé? On a regardé toutes les galeries. Il n'y a plus d'empreintes nulle part.

Pendant plusieurs heures, ils fouillèrent l'immense caverne, arrêtés par l'eau souterraine ou par l'étroitesse des galeries, revenant sur eux-mêmes, ne pouvant plus, au milieu des traces laissées par leurs pas, chercher à découvrir une piste sur le sol. Leurs lanternes baissaient, les torches, plusieurs fois renouvelées, touchaient à leur fin.

— Nous ne trouverons rien, il n'y a qu'à bloquer la sortie. On montera la garde le temps qu'il faudra. Il devra bien sortir ou crever.

— Dites-moi, s'il y avait une communication entre cette grotte et la fissure par où l'eau sort, de l'autre côté de la montagne? Vous ne croyez pas, Monsieur le Docteur, qu'il pourrait sortir par là? Ça vaudrait la peine de garder aussi cette sortie.

Le premier, le maire répondit à la question posée :

— Allons donc, jamais personne n'a pu traverser cette rivière. Si les deux côtés communiquent, il doit y avoir des abîmes et des gouffres. Dans l'obscurité, sans compagnon, jamais un homme ne s'en tirerait. Ce sera bien assez dur de garder ce côté, nuit et jour.

Le docteur écoutait, semblait anxieux, hésitant. Pendant un moment il répéta un geste de la main, comme un homme qui s'apprête à dire quelque chose.

— Et s'il sort, pas besoin de parlementer. Un coup de fusil dans la tête. Par le temps qui court, il ne faut pas se fier à la justice. Il a tué...

— Non, dit le docteur, répondant enfin à la question qu'on lui avait posée, « je ne crois pas qu'il faille surveiller l'autre caverne. Même si les deux abîmes communiquent, avec l'eau qu'il y a, bien malin qui s'en sortirait sans lumière et sans aide ».

— Entendu... On va faire des tours de garde et voir de bien placer les sentinelles et de les éclairer pendant la nuit.

Comme ils sortaient de la grotte, deux oiseaux de nuit, lourds, maladroits, s'envolèrent des corniches supérieures et tournèrent au-dessus d'eux.

Un chuchotement courut le long de la colonne, tandis que des mains frappaient, à petits coups hâtifs, le bois des crosses :

— Des bêtes de la mort...

QUAND l'officier s'était réveillé, dans la mansarde de la maison du col, le soleil devait être déjà haut. A travers les vitres sales de la lucarne, le grand jour filtrait et heurtait le mur grossièrement passé à la chaux. Aucun bruit ne montait de la maison. La porte était bien fermée, les armes à leur place sur la chaise.

L'officier regarda ses pistolets, toujours amorcés, et son sabre. Au bout de la lame, il y avait encore une tache sombre, un petit caillot de sang, gros comme une fève aplatie. Le voyageur sourit, haussa les épaules et dit à demi-voix :

— Sacrées bonnes gens... Je n'ai pas dû faire grand mal.

Il s'habilla, chargea son équipement sur son épaule et descendit dans la grande salle en sifflotant. La maison semblait déserte.

— On ne tient pas à me voir... Mauvaise conscience donne mauvais courage... Il va falloir partir le ventre creux.

Pourtant, des pas sonnèrent sur l'escalier et l'ancien soldat, traînant la jambe, les cheveux hirsutes remplis de débris de foin, apparut dans l'encadrement de la porte.

— Bonjour, mon lieutenant, je viens vous faire déjeuner. Voulez-vous du pain et du café noir ? Avez-vous bien dormi ? Tard, en tout cas, car il est déjà huit heures.

— Hum, donne le casse-croûte... Bien dormi ? Avec des visites... Enfin, ça va. C'est un coupe-gorge que ton auberge. Mais nous en avons vu d'autres. Il y en a un qui a voulu me rendre visite, cette nuit... mais je l'ai reçu à coups de sabre...

Le berger sembla réfléchir :

— Ah, mais, ce n'était rien de fâcheux ? Le vieux est parti voici une bonne heure pour le village et les garçons viennent à peine de sortir, pour chasser, je crois. La fille et la mère sont bien là, derrière la maison, aux lapins... Hier soir, j'étais un peu inquiet. Ils n'aiment pas les militaires et ils avaient reconnu votre culotte... On raconte tellement d'histoires depuis quelque temps. Enfin, tout est bien qui finit bien. Mais je ne comprends pas ce qui leur a pris. Avant le passage du médecin, il y avait de quoi s'inquiéter. Personne ne vous savait ici. Ils disaient de vous les cent sottises, que vous veniez pour les œuvres du démon... Mais après, j'étais bien tranquille et j'ai dormi d'une seule tirée... Qui a pu venir vous chercher noise ?

— Si tu crois que je le sais... Au milieu de la nuit, on a cherché à ouvrir ma porte. J'ai cogné du sabre dans le noir et j'ai touché, pas trop fort, mais assez dur quand même pour que celui qui était là en porte encore les marques.

L'officier trempait son pain dans le bol de café et, les épaules en voûte, mangeait.

— Du diable... En tout cas, par le temps qui court, il vaut mieux pour vous que vous dispa-

raissiez le plus vite possible. On raconte des tas
d'histoires sur les militaires qui passent dans le
pays... Qu'ils cherchent à faire revenir la guerre, à
lever de nouveaux soldats. Votre cheval est sellé,
vous prendrez le chemin que je vais vous dire. Ne
vous laissez pas détourner de votre route par qui
que ce soit. Vous en avez assez vu pour me comprendre. Cognez plutôt que de vous laisser arrêter.

Son déjeuner fini, le voyageur détendait ses jambes
et se renversait sur son escabeau en fouillant dans
la poche de sa culotte.

— Mon cheval a mangé ? Bien... Voilà pour la
maison... Et voilà pour toi. Si, si, pour toi. Je ne
suis pas bien riche, mais tu me fais plaisir en accep-
tant. Montre-moi le chemin, que je file au plus
tôt.

Le cheval attendait, attaché sous l'escalier à un
anneau scellé dans le mur. En voyant sortir son
maître, il hennit doucement et se rassembla. Le
lieutenant siffla doucement entre ses lèvres.

— Il tirerait un peu au renard. Ça a du sang,
ces bêtes-là. C'est de la bonne race... Attendez un
peu que je serre les sangles. Il se gonfle. Là... Ça
suffit ? Oui, oui, il faut serrer un peu, par ces
chemins de montagne.

L'officier sauta en selle, assura ses étriers, assem-
bla ses rênes dans la main gauche.

— Adieu, camarade, et merci... Tu es décoré ?

— Non, mon lieutenant.

— Eh bien, tant pis. Tu es un brave quand
même. Adieu, camarade.

— Attendez un peu, je vous mets sur votre
route.

Arrivés derrière la maison, de l'autre côté du col,

ils découvrirent l'immense panorama qui se déployait jusqu'aux limites de l'horizon visible. La France des hauts plateaux commençait là. Dans un tremblement bleu, une haute vallée, peu profonde, se creusait sous le col, entre des lambeaux de forêts.

— Voilà, vous pourriez filer à main droite, par la Caumette, mais la route du bas vaut mieux. Descendez par ce sentier jusqu'au ruisseau, c'est le vallon de Bonahuc. Suivez l'eau, il y a un chemin dans les herbes. Au bout de la vallée, il tourne à droite, devant les grottes dont on vous parlait hier soir. Vous prendrez le col où il y a une ferme et vous redescendrez vers Ferrusac... Vous ne pouvez pas vous perdre.

Comme ils étaient en train de parler, la jeune fille apparut derrière la maison, une brassée d'herbes sous le bras gauche.

— Ah, Mademoiselle, que je vous dise au moins bonjour. Il faut le hasard pour avoir ce plaisir.

Il poussa son cheval vers elle, se pencha et lui tendit la main. La fille devint rouge, laissa tomber sa brassée d'herbes et lui tendit la main gauche. Au plein du jour, elle lui parut plus belle, sauvage, noire de peau, les yeux durs, mais agiles. Il lui serra la main en laissant glisser la sienne contre la paume au grain dur et chaud.

— Adieu, belle enfant, on ne peut pas s'arrêter partout où on le voudrait... C'est même plus prudent.

Il se mit à rire et fit volter sa bête.

— Adieu, camarade. Compris.

Comme il allait pousser son cheval dans le petit sentier en pente, il se retourna vers la fille.

Les bras ballants, elle le regardait, avec cette même insistance qui l'avait frappé au cours de la soirée de la veille.

« Elle ne doit pas voir beaucoup d'hommes, se dit-il en éprouvant une espèce d'allégresse. La bagatelle n'aurait peut-être pas été très difficile. »

Sous l'action des jambes, les mains rendant les rênes, le cheval commença à descendre. Tourné dans sa selle, le lieutenant fixait encore la jeune fille et cherchait à rattraper, dans la provocation d'un regard, l'aventure perdue et les caresses que cette montagnarde à la peau noire lui aurait peut-être données volontiers, dans la mansarde étroite, au milieu d'une odeur chaude de renfermé. Brusquement, ses yeux se portèrent sur la main droite de Maria : autour du poignet, sous la manche noire et serrée, il y avait une bande blanche, un pansement sommaire et taché de sang. La fille vit ce regard, pivota sur elle-même et, en quelques enjambées, disparut derrière la maison.

— Hé là, dis-moi... qu'est-ce qu'elle a au poignet, cette petite ?

— Ah ? Elle m'a dit qu'elle s'était fait mal, ce matin, en coupant du bois.

Du même coup, les deux hommes avaient compris. L'ancien soldat restait planté, stupide, perché sur sa jambe intacte, balançant l'autre dans le vide et fourrageant d'une main dans ses cheveux. Le cheval, brusquement arrêté, frappait le sol du sabot. L'officier rendit la main :

— Je repasserai peut-être... Au revoir...

La sente était raide. En quelques secondes, la monture et le cavalier se perdirent dans les taillis de hêtres. Le berger, resté dans la même position, se grattait toujours la tête :

— Quelle aventure... S'ils savaient ça.

La pente était difficile à descendre. Le voyageur dut s'employer à retenir sa bête et les accidents de terrain ne lui laissèrent pas le temps de rêver à son étrange découverte. Les cailloux roulaient sous les fers mal assurés et les branches basses de la hêtraie cinglaient le visage du cavalier et l'aveuglaient. Enfin, un petit cours d'eau coupa la sente. Un pont de bois le traversait et, de l'autre côté, commençait une pelouse encore verte malgré la sécheresse de l'été. Le pont franchi, l'homme arrêta son cheval et se retourna. Derrière lui, la montagne se soulevait d'un seul mouvement jusqu'à l'échancrure du col et le toit d'ardoise de la maison apparaissait encore entre les branches.

— Des regrets maintenant ? Au diable... C'était trop difficile.

Le cheval repartit, au pas, dans les prairies. La vallée s'élargissait, entre deux pentes inégalement boisées. Une ferme, adossée à des ruines, apparut derrière un mamelon. Il n'y avait personne mais la maison semblait pourtant habitée. Après elle, s'étendait une sorte de grange, à demi effondrée, aux arceaux en ogive. Plus loin, le cavalier passa devant deux maisons, de construction récente, vides aussi. Puis, le chemin se précisa, sortit des herbages, devint une vraie route entre deux murailles basses de pierre sèche.

Le soleil avait gagné de la hauteur. Il frappait presque droit, lourd, aveuglant. Armand somnolait, se fiant à sa bête. Par moments, comme il allait tomber dans un engourdissement plus profond, il

sursautait, ouvrait les yeux et, d'instinct, regardait
ses fontes qu'il avait laissées entrouvertes, la cour-
roie de cuir dénouée.

La route était monotone, les champs déserts,
silencieux. Au ras des mottes, dans les prairies de
plus en plus brûlées et poussiéreuses, des oiseaux
se levaient, jetant un cri bref, semblables à des
pierres lancées, retombant cent mètres plus loin,
dans un creux de buisson. Derrière une éminence,
quelques toits apparaissaient et des chemins mal
entretenus, sortis de la forêt, semblaient converger
vers un village.

— Attention, ici, tourner à droite... Leur caverne
doit être là-devant... Ils en font une histoire, pour
ce trou. L'autre col, avec la ferme, doit être là-
haut.

Devant le cavalier, à quelque cent mètres, le
chemin obliquait en effet vers la droite. Dans un col,
une maison carrée apparaissait. Au-dessus d'elle,
poussés par un vent qui ne touchait pas la terre, de
lourds nuages dérivaient lentement, en masses à
bords nets comme de plus hautes montagnes.

— Je serai à Meyrueis pour dîner. Après ça j'ai
encore un fameux morceau de route. J'irai souper à
Florac et demain dernière étape... J'ai bien fait de
ne pas aller directement par les montagnes... Que
vont dire mes cousins ? Ces histoires d'héritage...

A cent mètres devant lui sur la droite du chemin,
un buisson d'aubépines faisait basculer sur la terre
une ombre noire et dentelée. Aucun oiseau ne vole-
tait dans le lacis de ses branches. Avec la nouvelle
direction du chemin le soleil frappait en plein sur
la joue droite du voyageur et l'aveuglait. Des
gouttes de sueur, perlant de ses sourcils, tombaient

parfois sur ses paupières. Il ferma à moitié les yeux et s'abandonna au balancement de sa bête.

Tout d'un coup le cheval s'arrêta en se cabrant. Trois hommes, brusquement sortis de derrière le buisson d'aubépines venaient de sauter sur le chemin. Tiré de sa torpeur, le cavalier reconnut les deux garçons de la veille. Chacun d'eux portait un fusil sur l'épaule. Ils se tenaient à la tête de son cheval, l'un à droite, l'autre à gauche, tandis que, en avant, un troisième montagnard barrait la route.

En un éclair, le voyageur évoqua mille histoires qui couraient alors la France : soldats décimés, officiers massacrés par la foule, les émeutes de Lyon, d'Avignon, de Nîmes, les tricolores arrêtés, enfermés, assiégés dans leur prison par la populace, abattus à coups de sabre, de baïonnette et de hache. Dans son abattement, il retrouva tous ses réflexes de soldat qu'il refrénait depuis des jours dans ce pays presque entièrement hostile. Sa main droite plongea dans la fonte entrouverte, saisit le pistolet par la crosse, l'arma d'un coup sec. L'homme qui était devant son cheval lui cria quelque chose, en roulant les *r*, en mâchant les mots. Il saisit mal les paroles mais comprit qu'on voulait l'arrêter. Au même instant, le garçon qui était à sa gauche et qui lui barrait la route libre vers les prés, saisit la bride du cheval, contre le mors, si brutalement que la bête pointa. Un instinct, cent fois confirmé dans les batailles, une sûreté de mouvements, guida la main du cavalier : le pistolet jaillit de la fonte, fit une courbe brève jusqu'au front de l'homme et le coup partit, tandis que le cheval, brusquement enlevé, filait au galop à travers la prairie, sautant le corps effondré.

— Ils vont me tirer dessus. Si j'avais eu le temps de dégainer, je les sabrais.

Droit sur les étriers, allongé sur la selle, la tête contre l'encolure, il filait, augmentant l'allure, crochetant tous les vingt mètres pour gêner le tir.

Une détonation roula dans le calme, vite dispersée dans l'air vaste et sans écho de la haute plaine. Un ronflement bien connu dépassa le cavalier.

— Manqué, se dit-il, mais, au même instant, il sentit son cheval fléchir, désaccorder son galop, couper son allure. Il déchaussa les étriers d'un coup sec, libérant ses jambes. La bête fit encore quelques mètres et, bronchant sur les antérieurs, s'abattit pile.

Comme le cheval tombait, l'homme sautait à terre, et, poussé par le danger, partait droit devant lui, à fond de train. Il avait bien cent mètres d'avance sur ses poursuivants. La prairie descendait vers un ruisseau à moitié desséché, le cachant sous sa ligne de pente. Il franchit le lit de cailloux et se trouva devant une énorme caverne, à l'entrée obstruée de blocs où s'engouffrait le filet d'eau.

— Le salut ou la mort, se dit-il en s'engageant résolument dans ce dédale.

Les deux hommes, un moment stupéfiés par la rapidité de l'événement, avaient pris la course derrière lui. En tournant la tête, il les aperçut qui descendaient la berge du ruisseau. De gros blocs le cachaient déjà mais, craignant leur tir, il fila tout au fond du couloir. Sur sa gauche, de nouvelles galeries se perdaient dans l'ombre silencieuse de la terre. Sans hésiter, il s'engagea dans ces ténèbres, suivit une étroite galerie, ne vit plus rien, broncha plusieurs fois, sentit du sable sous ses pieds, puis une dalle relevée qu'il escalada.

Là, il se mit à réfléchir et perdit toute conscience du temps. Il avait dans sa poche un briquet roulé dans le cuir de sa blague à tabac. Le sac qu'il portait en bandoulière contenait un couteau, un morceau de pain et de fromage et une chemise de rechange. Il battit du briquet, l'éleva au-dessus de son front et aperçut, à cette faible lueur, sous un amoncellement de ténèbres, un éboulis de pierres qui descendait vers une petite grève de sable.

— Je peux encore avancer vers là, se dit-il et il resta immobile, reprenant ses forces, tâtant ses membres.

Il entendit soudain une rumeur confuse, un bruit de voix qui semblait lointain, mais qui résonnait terriblement dans le silence. Il regarda attentivement et, dans l'obscurité absolue, l'ombre complète qui l'entourait, ne vit rien. Au bout d'un moment, il lui sembla voir danser de vagues lueurs, au plafond de la grande salle et se découper des corniches. Il crut que ses yeux, fatigués de scruter la nuit, créaient eux-mêmes cette illusion. Mais les lueurs recommencèrent à danser, s'allongèrent, dessinèrent des ombres, découvrirent les entablements des parois. En même temps, il entendit, nettement cette fois, une voix d'homme, lointaine et terrible au fond de ce sépulcre.

— On me cherche. Ils ont des torches. Il me faut aller plus loin.

A gestes lents, sans bruit, le ventre collé au rocher, il descendit la paroi, trouva le sable, hésita, anxieux de ne pas laisser de traces visibles, et suivit le bas de la paroi, contre le rocher.

Il sentait, sous ses mains ouvertes, glisser et s'émietter une poussière sèche, une sorte de pollen minéral en suspension contre la roche. Soudain, sa jambe gauche ne trouva plus d'appui. Pendant un moment, il fouilla dans le vide, puis toucha un fond rocheux tandis que de l'eau envahissait sa botte. Il comprit qu'il venait de rencontrer un ruisseau ou un lac qui dissimulerait son passage et s'y engagea résolument.

L'eau était froide. En y plongeant la main, il sentait qu'elle n'était pas morte et courait vers sa gauche. Il prit le sens de ce courant et marcha devant lui. Le ruisseau devenait plus profond, l'eau montait jusqu'à ses hanches. Il sentait le courant qui agitait l'étoffe de sa culotte, contre ses jambes et, à chaque pas, il craignait de tomber dans un gouffre. Bon nageur, il redoutait moins cet accident que d'être découvert par les hommes qui le cherchaient. Derrière lui, les lueurs des torches, heurtant aux saillies de la voûte sans atteindre la voûte elle-même, dansaient toujours contre les ténèbres. Des souliers ferrés crissaient sur la grande dalle qui faisait masque entre lui et ses poursuivants. Il pressa sa marche, eut de l'eau jusqu'aux épaules, fit encore quelques mètres sur un fond plat et, les épaules et la tête émergeant seules, il s'arrêta.

— Si je suis pris, se dit-il, « ils me cassent la tête sans parlementer... Je ne serais pas le premier. Sans armes, sans même y voir, j'y passerais comme un lapin. J'aime encore mieux tenter ma chance. »

Par moments, les voix et les pas se taisaient. Le grand silence de la caverne revenait alors d'un seul coup, non pas comme arrive l'eau ou le vent, dans un mouvement, dans un élan, avec un sens,

un courant, une direction. C'était un silence total,
sans origine, sans limites, inappréciable.

Mais les voix reprenaient, les pas se faisaient
entendre à nouveau. La lueur d'une torche monta
derrière l'arête de la grande dalle, basculant devant
elle l'ombre déchiquetée des rochers.

L'officier comprit que ses poursuivants allaient
redescendre vers la petite grève de sable. Dans
cette nuit, il ne savait pas si quelque pan de roche
pourrait le dérober aux regards, ou si, dans cette
illumination tremblante, sa tête et ses épaules
allaient apparaître, cibles faciles, sur l'eau lisse. Il
repartit en avant, levant au-dessus de lui son bras
gauche qui tenait son sac et sa blague. L'eau
monta encore et, en même temps, il toucha du bras
une voûte.

L'eau s'engouffrait-elle dans un passage sur-
baissé, sans laisser place à l'air ? L'homme s'arrêta
un instant, entendit une voix plus proche et repartit, poussé par l'eau, dont le courant augmentait de
violence.

DEUXIÈME PARTIE

LA GRANDE PEUR

LES hommes partis pour les grottes, les vieux du village avaient fait sonner le tocsin à tous les échos de la solitude, pour les bûcherons, les pâtres, les voyageurs en route à travers la montagne, les habitants des fermes écartées. D'heure en heure, tout ce qui vivait à portée de cloche, sous le grand cercle de bronze du clocher, avait rejoint le hameau et grossi la foule qui stationnait devant les portes.

Les bruits les plus extraordinaires circulaient, repris par les têtes les plus raisonnables, exagérés par tous. Des bûcherons, venus de Miquel, racontaient qu'une colonne armée de fédérés et de tricolores suivait l'officier et se préparait, sur l'autre versant, à franchir la montagne. D'autres disaient au contraire que c'étaient des blancs, des miquelets de la Croix, levés autour de Sumène et dans les vallées catholiques. Ils portaient de grands chapelets autour du cou et un écusson blanc à croix rouge sur le chapeau. Leur chef était un capucin selon les uns, un boucher de village selon les autres. Ils avaient mis Valleraugue à feu et à sang et cherchaient à passer en Rouergue pour faire leur jonction avec les bandes royalistes de l'Aveyron.

Tous les hommes venus des bois apportaient des renseignements différents et des précisions étranges. Chacun donnait son explication, apportait un démenti aux explications des autres, mais tous étaient sûrs d'avoir vu une colonne en marche. Elle allait ravager le village, par représailles, incendier les écarts, sabrer les hommes, violer les femmes. Les bûcherons affirmaient qu'ils avaient vu, dans la terre meuble des sous-bois, les empreintes laissées par les chevaux des estafettes et certains d'entre eux, plus sûrs d'eux-mêmes, disaient avoir entrevu, à petite distance, des cavaliers, battant les fourrés, en uniforme de l'armée impériale, la cocarde au chapeau, la carabine appuyée au plat de la cuisse.

Quelques vieux essayaient pourtant de faire barre à ces rumeurs. Ils ne voulaient pas croire que l'inconnu qui avait abattu Albin fût un militaire de l'armée, alors cantonnée au sud de la Loire, en pleine décomposition.

— C'est un rôdeur de grand chemin, quelque criminel de Toulon...

— Non, non, c'est un brigand de la Loire... un égorgeur qui trouve qu'il n'y a pas encore assez de sang répandu.

— Rôdeur ou soldat, c'est tout pareil maintenant. Il n'y a plus de discipline. Depuis qu'ils se sont fait battre au Mont Saint-Jean, ils n'ont plus rien à manger et ne vivent plus que de brigandage. Ils ont mis tous les pays du centre à feu et à sang. Si nous voulons qu'ils ne ravagent pas aussi nos campagnes, il faudra nous armer et nous défendre.

— Oui, oui, bien sûr, c'était un militaire. Il devait marcher en avant des autres pour les renseigner. Il avait bien mis une veste de civil mais les gens de la Serreyrède ont vu ses pantalons et ses bottes. Il était habillé de vert avec des lisérés rouges comme les dragons que nous avions dans le temps en garnison au Vigan.

— Blancs ou tricolores, ceux qui viennent ne doivent pas valoir cher. Ce ne sont pas les hommes de bien qui se mettent comme ça à traîner sur les routes, par les temps de malheur... Cet assassin ne peut être que leur ami... C'est sûrement la même bande...

A chaque instant, quelque traînard arrivait du fond des bois, terrorisé, augmentant encore la panique qui s'était emparée du village.

— J'ai cru ne pas arriver. Le chemin du bois de Lagre était presque coupé par les brigands. Je suis passé par des sentiers de traverse et j'ai couru comme un fou pendant plus d'une heure.

— Tu as vu des soldats ? Des cavaliers ou des fantassins ?

— Pour avoir vu... pas précisément... mais on sent bien qu'il se passe quelque chose... Ça ne se montre pas comme ça, ces bandes de brigands. Ils s'arrangent pour tomber sur les villages sans avoir été vus par personne.

— Pas besoin de discuter pendant des heures, ce sont les brigands de la Loire, tout ce qui reste des armées de l'Empereur. Là où ils se sont retirés, il n'y a plus une poule au poulailler ni une vache à l'étable. J'ai des cousins dans ces pays-là, je sais ce qu'ils ont déjà souffert...

— On aurait dû les désarmer, les obliger à se disperser, les faire garder par les gendarmes.

Avant de venir passer ainsi de bouche en bouche dans ce village de la montagne, tous ces racontars

avaient fait le tour de la France. Par ce splendide
été, depuis des semaines, un grand peuple militaire,
déçu, couvert de gloire, encore menaçant mais
vaincu, se fondait chaque jour par la désertion, le
licenciement, au milieu des émeutes, dans un plus
vaste peuple, ivre de paix et de violence. Jamais
plus grande armée n'avait été réunie, et jamais le
peuple des campagnes n'avait été aussi fanatisé
contre les militaires. Plus de quinze ans de gloire
et de batailles s'effondraient ainsi dans un mouvement frénétique vers le calme et la tranquillité.

Le passage d'un homme échappé à la Grande
Armée en déroute, un meurtre organisé par le
hasard et la crainte avaient suffi pour donner libre
carrière, dans ce petit village de montagne, à toutes
les passions qui bouleversaient alors la France.
D'un seul coup, la guerre civile était entrée dans
ses murs et l'on n'y voyait plus que des hommes
armés, aux mines farouches, aux yeux fous
d'inquiétude et de fureur.

Mais plus encore que toutes ces rumeurs, que
toutes ces nouvelles apportées par les fuyards des
solitudes champêtres et forestières, la présence du
jeune homme mort, de la victime du drame de la
matinée, exaspérait ce mouvement de colère et de
panique.

De vieilles femmes silencieuses, ridées, cassées
par les durs travaux et les maternités, avaient fait
la dernière toilette du mort, comme si des mains
de femmes jeunes n'avaient plus eu le droit de le
toucher. Elles avaient lavé ses mains, sa plaie
ouverte, étanché l'humeur qui se caillait en paquet
noir sur son front, à la naissance de ses cheveux.
Puis, la chemisette fermée, les mains jointes, un

mouchoir noué du crâne au menton, fermant la
bouche et cachant la blessure, elles l'avaient étendu
sur le grand lit, dans la chambre aux volets clos.
Aussitôt après, par petits groupes, tous les gens du
village se mirent à défiler devant le corps, dans la
pénombre où zigzaguaient des mouches et où pleurait le vieux.

Une de ses cousines lui avait prêté une cravate
noire et, endimanché par elle, il recevait les gens en
attendant sa femme et sa fille que deux garçons
étaient allés prévenir à la Serreyrède.

Devant la porte de la maison, en sortant, les
gens parlaient bas puis, au bout de quelques mètres,
reprenaient leur animation et discutaient, plus
fortement repris par leur terreur et par leur
colère.

— Il faut mettre le village en défense. Si des
brigands viennent nous attaquer, il vaut mieux se
battre que se laisser égorger sans rien dire. Mais
tout le monde voudra-t-il marcher ?

Tous les anciens de la commune étaient là,
entourés de leur clan, soutenus par des jeunes
hommes aux mines fermées. Les blancs dominaient,
têtus, butés, groupés autour des réfractaires, des
déserteurs de l'armée. Les vétérans leur faisaient
face, inquiets, abattus. Au milieu d'eux, cassé, raide
dans ses rhumatismes, un ancien sous-officier, un
filet rouge à la boutonnière, haussait la voix, pour
se faire entendre de tous.

— Les tricolores marcheront. Devant un assassi-
nat, il n'y a plus de parti qui tienne. Si une troupe
se présente, il n'y a qu'à se mettre en défense et parlementer avec elle dans les règles... On verra bien si
ce sont des brigands ou de vrais soldats.

Mais du groupe voisin une voix lui répondait, agressive, méprisante :

— Sans le coup de pistolet, si nos garçons avaient amené ce particulier, ce matin, il y en aurait eu qui auraient été capables de prendre sa défense, rien que parce qu'il était militaire. Mais un meurtre est un meurtre et il n'y a pas d'excuses qui tiennent... Et puis, tout le monde est fatigué par les guerres.

— Soldat ou non, c'est un assassin et ceux qui le suivent des brigands de grande route.

Ainsi, malgré les passions contradictoires, les vieilles haines et les traditions de famille, ce meurtre faisait l'union de tous et libérait un seul sentiment : la lassitude de la guerre, la haine latente du paysan pour le soldat.

Quand le maire fut revenu des grottes, au milieu de l'après-midi, il réunit les notables de tous les partis et tint un petit conseil de guerre pour aviser aux mesures à prendre.

Le vieux soldat parla le premier, un peu cassant, sûr d'être le seul à pouvoir donner un bon conseil :

— Il faut armer tout le monde et assurer la garde de la grotte sans diminuer la défense du village. Il faut faire trois tours de garde et nommer des hommes pour commander chaque peloton.

On discuta longtemps sur les meilleures heures de relève, sur la façon d'éclairer la sortie des grottes pendant la nuit et sur les chefs à désigner.

— Nous sommes tous d'accord, disait le maire au milieu du tumulte. « Messieurs, je vous en prie. J'ai eu la confiance de l'empereur, mais j'ai eu aussi celle du roi. J'ai été confirmé par lui dans mes fonctions. Nous sommes tous pour la tranquillité et pour l'ordre dont notre pays a besoin plus que jamais. »

Pendant que les notables discutaient ainsi, la foule se ramassait devant la maison du maire où se tenait la séance. Hommes et femmes parlaient et criaient, exaspérant mutuellement leur colère. Ce rassemblement faisait un grand tumulte et, quoiqu'il n'y eût pas de disputes, donnait au village un air d'émeute.

A plusieurs reprises, au milieu de leurs discussions, les anciens s'étaient tus en entendant ces clameurs. Le maire semblait inquiet et se levait souvent pour aller regarder la foule à travers les rideaux de sa fenêtre :

— Il faut les calmer. Si nous les laissons faire, ils vont finir par se rendre furieux.

Après quelques hésitations, il sortit sur le pas de la porte et, levant les bras, réclama le silence :

— Mes amis, il faut garder notre calme... Un abominable attentat nous a tous frappés. Mais nous savons où se cache le coupable. Il ne saurait nous échapper que pour se livrer lui-même à la pire des morts. Etranger au pays, sans feu ni lieu peut-être, sans foi ni loi à coup sûr, déserteur de nos malheureuses armées, ou brigand de grande route, il a payé, en versant le sang, l'hospitalité qu'il avait reçue chez nous. Il ne saurait nous échapper, je vous le répète, et nous le livrerons à ceux qui ont autorité pour juger et pour punir.

Une voix d'homme jeune, encore dans sa mue, enrouée de colère, coupa brusquement le discours.

— Nous le saignerons comme un lapin...

— Oui, oui, répondirent des voix de femmes, « à mort ».

Le docteur et les anciens s'étaient massés derrière
M. de Camprieu, dans le petit vestibule. Le docteur
regardait la foule et, en entendant pousser des cris
de mort, il se pencha en avant, comme pour exa-
miner minutieusement un objet et acquérir une
certitude à son égard.

— Le plus important, reprit le maire, fléchissant,
rompant devant cette explosion de fureur, « c'est
de mettre la main sur lui. C'est là notre première
tâche et notre premier devoir. Nul d'entre nous,
j'en suis sûr, ne se dérobera aux obligations qui lui
incombent. Nous avons arrêté des listes et investi
les hommes capables de fonctions de commandement. Sous leurs ordres, vous assurerez la surveillance de la grotte où se cache ce brigand. »

M. de Camprieu aimait à s'abandonner à cette
éloquence pompeuse grâce à laquelle il se souvenait
avec orgueil qu'il avait été formé par les pères
jésuites de Saint-Affrique. Après la Révolution, il
avait mis cette éloquence au service de l'Empire,
puis de la Restauration. Pendant les Cent Jours, il
était resté sur une prudente réserve et s'apprêtait à
se consacrer à nouveau au service du roi. Il parlait
sans efforts, mais avec une froideur redondante,
sans pour cela perdre le sens de l'opportunité et de
la manœuvre politique, rompu qu'il était à manier
ces hommes simples qui l'admiraient un peu sans
l'aimer et le suivaient sans grande confiance. Sa
seule tristesse était de ne pouvoir couper ses discours de citations latines et se référer, en parlant,
aux auteurs de l'Antiquité.

— Il faut aussi ne pas perdre de vue des circonstances plus importantes et peut-être plus périlleuses.
Dans le malheur de la Nation, malgré les efforts

du Gouvernement, la sécurité des biens et des personnes reste encore mal assurée. Des rumeurs courent, devançant peut-être des calamités sans précédent. Que Dieu veuille nous épargner après nous avoir tant frappés. Mais le devoir commande de prendre garde et je dois, avec votre aide à tous, assurer la sécurité de nos foyers et des vies qui nous sont chères.

Vingt années de révolutions et de guerres pesaient sur l'esprit de tous ces pauvres gens, rassemblés sous le coup d'une terreur panique. Les événements ne pouvaient plus être, à leurs yeux, que de nouvelles causes de souffrance.

Ils n'espéraient plus rien, mais leur désir de calme et de paix était si fort qu'il faisait naître en eux une sorte de folie, un vertige de la violence.

Un vieux criait, en tendant le bras au-dessus de sa tête, comme font les ivrognes, les soirs de fêtes locales, au milieu d'un cercle d'enfants :

— Vive la France.

— Vive la nation, répondaient des voix d'hommes en pleine maturité, graves, profondes, comme gonflées par l'expérience de longues années.

— Vive la paix, reprenait la grande masse. « Vive la paix, à bas les égorgeurs. »

— Que les femmes rentrent dans leurs foyers et ne craignent rien sous votre garde.

Le tumulte grandissait. Les clameurs se mêlaient, les cris s'affrontaient les uns les autres.

— Vive la Nation.

— Vive le Roi.

Par ces cris, par ces clameurs, tous ces hommes rassemblés par une même crainte se séparaient les uns des autres. Ils retrouvaient leurs passions et se préparaient à la bataille. Le maire le sentit, coupa court à ses phrases et cria de toutes ses forces rassemblées :

— Vive la paix, vive la tranquillité dans le travail.

Le cri fut repris et calma les fureurs qui s'éveillaient. Le maire se hâta de rentrer chez lui, laissant la foule décontenancée et sans force. Après quelques minutes d'hésitation, elle se dispersa lentement, tandis que les chefs désignés par le conseil se hâtaient de rassembler leurs hommes et de les organiser. On les entendait donner des ordres, poser des questions :

— Tu as deux fusils, chez toi ? et de la poudre...

— Les plus jeunes prendront la garde de nuit...

Assis dans son fauteuil, le maire regarda le docteur, s'essuya le front :

— Pauvre peuple, il n'a soif que de paix... L'excès des malheurs le rend ainsi à sa vraie nature. Mais pour pouvoir travailler tranquilles dans leurs champs, ils deviendraient maintenant des bêtes féroces... Gouverner, c'est donner raison à ce désir. Notre peuple est ainsi...

— Pensez-vous, dit le docteur, « que si l'on met la main sur cet officier vous pourrez le préserver de la fureur populaire et le remettre à la justice ? J'ai peur qu'ils ne l'égorgent aussitôt que pris. »

— Et qu'importe ? J'aimerais mieux sans doute observer les formes légales, mais par le temps qui court... En tout cas, le plus important c'est de maintenir ici l'ordre et la confiance. S'il est vrai que des brigands courent la région et menacent la paix des foyers, il est préférable d'employer les moyens extrêmes.

— Je ne crois pas à ces bruits d'attaque, à ces rumeurs qui courent le village. Elles sont nées de l'émotion populaire, mais rien ne les justifie. Croyez-vous qu'il y ait réellement des cavaliers dans le bois de Miquel ?

— Oui, oui, cependant, tout ce que nous savons ne rend pas ces nouvelles invraisemblables. On se bat dans le Comtat, à Beaucaire où les blancs ont levé une brigade ; à Nîmes où l'on a massacré l'infanterie ; à Montpellier, au Vigan, où l'on a brûlé le temple. Partout, les fédérés se rencontrent avec les Miquelets et les gardes nationaux.

— Il faudrait, malgré tout, essayer de sauver cet homme du massacre et, pour cela, donner des ordres aux chefs responsables.

— Rien n'y fera... Mais ne vous inquiétez pas de ce détail. Au regard des dangers qui nous menacent, la chose est sans importance.

Pendant ce temps, le village s'organisait. Trois tours de garde, strictement prévus, assuraient la surveillance des grottes tandis que, en avant des premières maisons, des sentinelles veillaient à la sûreté générale du pays.

Vers les cinq heures, ces sentinelles amenèrent au village deux colporteurs, chargés de ballots de pacotille, qui avaient été surpris par elles sur la route de Meyrueis. Les deux hommes, Piémontais d'origine, croyaient leur dernière heure venue et suppliaient qu'on leur laissât la vie sauve.

M. de Camprieu les toisait des pieds à la tête et froissait d'une main les papiers qu'ils avaient remis à ceux qui les avaient arrêtés :

— Pourquoi courez-vous les routes par les temps que nous vivons ? Vous êtes d'anciens militaires ?

Vous avez servi dans les armées de l'empereur ?

— On n'a jamais servi, Monsieur, et nos passe-ports sont en règle. Nous avons encore vu les gen-darmes à Meyrueis. Ils ont mis des cachets sur nos livrets... A la dernière page. Nous ne faisons rien de mal...

— Pourquoi n'avez-vous pas servi ? fit le vieux légionnaire, d'une voix hargneuse. « Vous traînez les routes comme des déserteurs. Le Piémont fai-sait partie de l'Empire, pourtant. Vous devriez porter l'uniforme. »

— C'est difficile de faire plaisir à tout le monde, dit le plus jeune. « On nous suspecte d'être des soldats et vous nous reprochez de ne pas l'être. »

— Ne répliquez pas, dit le maire. « Soldats ou non, vous devriez être aux cinq cents diables. »

— Vous étiez seuls ? Vous n'aviez pas de com-pagnons avec vous ? Vous en êtes bien sûrs ? Un mensonge vous coûterait cher.

— Ils venaient de l'autre côté, fit remarquer un des hommes, « ce serait quand même difficile qu'ils fassent partie de la même bande. »

Après de longues hésitations, des marches et des contremarches à travers le village, on permit aux deux colporteurs de repartir, mais on leur interdit la route de la Serreyrède et on les obligea de rebrousser chemin et de redescendre sur Trèves.

— Ils pourraient renseigner les troupes qui rôdent dans les bois. A Trèves, ils tomberont sur les gendarmes.

A la fin de l'après-midi, au soleil couchant, la mère et la sœur d'Albin arrivèrent de la Serreyrède. Dès les premières maisons du village, la vieille, silencieuse pendant toute la route, se mit à pousser

des cris, donnant des coups brusques de tout le
torse et de la tête entre les bras des deux garçons qui la soutenaient. Au contraire, muette,
crispée, la fille avançait, toute droite, dans le léger
balancement que donnaient à sa marche ses chaus-
sures plates, qui lui faisaient poser d'abord le talon
et tendaient ses mollets dans ses bas de grosse
laine noire.

Quand elles furent entrées dans la maison, et
qu'on les eut conduites auprès du mort, une sorte
d'ululement monotone s'éleva, glissa dans la ruelle,
incessant, retournant sur lui-même, infatigable.
Dans la chambre, Félix et Maria restaient silencieux
auprès du père qui pleurait doucement tandis que,
sans fin, sans trêve, la mère reprenait ses cris en leur
donnant une cadence musicale, comme un dessin
de litanie, automatique, facile, et qui semblait devenir étranger à la douleur même qu'il exprimait.

A nouveau, le défilé des visiteurs recommença.
A nouveau, la colère des gens reprit force au spectacle du mort. Le docteur, qui était allé chercher sa
fille chez les Pagès, fit avec elle une courte visite à
la maison mortuaire. Il était aimé de ces pauvres
gens qu'il avait souvent soignés et la vieille s'accro-
cha aux épaules d'Amélie, en répétant, au rythme
de sa complainte :

— Mademoiselle, ah, mademoiselle.

— C'est affreux, dit le docteur à Félix en
employant le rude dialecte de la montagne : « et je
n'ai rien pu faire pour vous... »

Au bout d'un moment, le docteur et sa fille se
retirèrent. Amélie était bouleversée par ce spectacle
auquel les convenances villageoises lui avaient
empêché d'échapper. Sa santé délicate, son imagi-

nation, toutes les émotions de la journée, inquiétaient son père qui avait hâte de la ramener à la maison. Mais M. de Camprieu, rencontré sur la place, essayait de les détourner de rentrer dans leur domaine de Saint-Sauveur.

— Votre maison est solitaire, Monsieur le docteur. Si des bandes courent le pays, elles peuvent tomber chez vous sans que nul ne puisse vous défendre. A votre place, je resterais au village avec Mademoiselle, au moins pour ce soir. Ma maison est la vôtre.

Mais le vieux médecin ne voulait rien entendre. Il craignait moins tous ces dangers imaginaires que les émotions du village et l'atmosphère de crainte et de violence qui pesait sur lui.

— Non, non, nous ne risquons rien à la maison. Nous nous enfermerons à double tour... Du reste, des bandes armées ne pourraient venir que de la Serreyrède et nous ne sommes pas sur leur chemin. Et puis, je ne crois pas à ce danger...

Le docteur partit donc avec sa fille, avant la tombée de la nuit, laissant le village en proie à son exaltation. Au même moment, le deuxième piquet de garde qui devait veiller de huit heures à quatre heures du matin partit pour les grottes avec des torches et des lanternes, dans un hérissement de canons de fusils et de tranchants de faux emmanchées à revers.

En grimpant la petite côte, des hommes se retournaient, sans rompre leur marche et, le bras levé, criaient aux femmes qui restaient sur la place :

— Nous le ramènerons en trois morceaux.

L'angélus sonnait, rappelant le tocsin de la matinée, plus précipité qu'à l'ordinaire, emplissant

les solitudes. Les lourds nuages noirs qui avaient
menacé, au nord, pendant toute la matinée,
s'étaient dispersés dans le vent. Le ciel était net,
sous la grande poussée lumineuse du crépuscule et
le soleil, par-delà l'horizon, heurtait encore le toit
d'argent de la Serreyrède, déserte et close.

Sous Miquel, derrière les talus des chemins,
d'autres hommes armés montaient la garde, sur-
veillant les bois vides, les pentes solitaires, les
hautes croupes où rien ne vivait. Un grand cercle
de terreur et d'attente entourait ainsi le village
tandis que la nuit tombait et qu'un air frais se levait
des fonds de sources et de sable.

Avec la nuit, le village se barricada, ferma les
volets et les portes de ses maisons. Dans les remises
et les écuries, les vieux poussèrent des charrettes
contre les deux vantaux des portes-cochères, pour
les caler, et les femmes montèrent jusque dans les
greniers aveugler les lucarnes ouvertes au vent,
pleines de toiles d'araignée et de vieux chiffons
couverts de poussière.

Devant la caverne, dans l'ombre plus tôt venue
sous les hautes voûtes, la garde montante alluma
ses torches et ses lanternes. Elle bloquait la sortie
des étroits couloirs, devant l'aven du Balset et
surveillait attentivement, au-delà du cercle de
lumière, les ténèbres silencieuses qui s'ouvraient sur
les entrailles de la terre. Au moindre bruit, pour
une pierre qui glissait, un oiseau qui battait de
l'aile, un glougloutement des eaux, dix hommes
accroupis se levaient lentement, apprêtaient leurs
armes et sentaient leur cœur battre à coups longs,
sous leur bras gauche replié et dont la main se cris-
pait à la grenadière des carabines.

Plus de dix fois, à voix basse, comme à l'affût du loup, aux postes de la Caumette ou de l'Hort de Dieu, ils se passèrent des uns aux autres l'avertissement solennel et joyeux :

— Le voilà...

Mais le silence retombait sur le mur de nuit qui masquait les galeries souterraines. Il devenait si profond qu'il créait comme un vertige de l'ouïe, un éblouissement des attentions tendues aux limites de la volonté. L'homme en veste de velours qui commandait ce petit groupe haussait les épaules, le premier. Il disait : non, en élevant la voix et les armes s'abaissaient à nouveau et, n'écoutant plus que d'une oreille, les hommes retombaient dans la somnolence de l'attente.

Au village, tout était silencieux ; seul, derrière les volets clos de la maison où reposait le mort, l'ululement funèbre de la mère reprenait par instants, s'embrouillait, fléchissait, retombait au silence.

Entre les deux talus des terres à seigle, la route de chars s'enfonçait sous la vaste étendue des hauts plateaux. Son invisible tracé se jalonnait dans l'espace par des rideaux d'arbres déjetés sous le vent et par des taillis d'épines noires. A chaque détour, une nouvelle inclinaison de la terre découvrait sur le ciel ces sombres masses de feuillages.

Le docteur et sa fille redescendaient à grandes enjambées vers leur maison, à travers cette solitude toujours reformée et ce silence où chaque parole perdait brusquement toute sa force et devenait secrète en tombant dans de trop vastes espaces, sans résonance et sans écho.

— S'ils mettent la main sur ce garçon, ils l'égorgent sans plus de formes... Je n'arrive pas à comprendre ce qui a pu se passer ce matin.

En haut des talus, un mouvement de l'air froissait les herbes dures. Amélie ne semblait pas avoir entendu son père et balançait sa jupe ronde à chacun de ses pas.

— Je pourrais pourtant le sauver... Non pas le rendre libre, mais l'arracher à cette mort et le remettre aux mains des gendarmes. La sortie des

grottes n'est pas surveillée, on peut entrer par là
et remonter la rivière souterraine jusqu'aux premières salles où doit s'être réfugié ce malheureux.
C'est une chance qu'aucun homme du pays n'ait
encore exploré cet abîme. Ils en ont tous une peur
superstitieuse... Tu sais que je n'ai jamais osé leur
dire que je l'avais traversé de bout en bout. Ils
m'auraient cru sorcier... Mais que va devenir ce
garçon dans ce dédale. Seul, sans lumière, il n'arri-
vera jamais à s'orienter. Même s'il voulait retrouver l'entrée, à présent, il ne le pourrait sans doute
plus, à moins d'un hasard.

Les premiers grands arbres de la maison sortaient
déjà d'une nouvelle ondulation du plateau. Il en
venait un air de source, l'haleine fraîche des lieux
habités dans les solitudes.

— Père, les gens ont raison. Il y a trop de dangers dans cet abîme. Pourquoi vous exposer pour
un homme que vous ne connaissez pas et qui a fait,
ce matin, une chose aussi atroce ?... Vous aimiez
bien cet Albin... Ces gens de la Serreyrède sont vos
amis... Vous dormez chez eux, les soirs d'hiver...

La grande allée d'arbres sous laquelle ils marchaient maintenant donnait une résonance plus
humaine à la voix de la jeune fille. Ses paroles
ricochaient au court écho des gros troncs de cèdres,
comme elles auraient fait dans une pièce close.
Pendue au bras de son père, Amélie suppliait, parlait de l'abîme, de ses dangers, des craintes qu'elle
avait déjà eues, quelques années auparavant, lors-
que, sans rien dire à personne, le docteur avait
exploré la rivière souterraine et l'avait traversée de
bout en bout. A deux reprises, la jeune fille l'avait
accompagné dans ses expéditions et les souvenirs

qu'elle avait gardés de cette aventure rendaient plus
grande encore sa terreur.

— Non, vois-tu, je connais assez bien l'abîme
pour ne pas reculer devant ses dangers. Quant à ce
malheureux, dans l'état où il est, il ne peut pas me
faire de mal... Quel intérêt y aurait-il ? La seule
chose importante, c'est de ne pas éveiller l'attention
du jardinier et de Noémi... Je partirai quand ils
seront couchés et je serai de retour avant l'aube.

A son tour, la voix du docteur prenait une
résonance persuasive. Toujours accrochée à son
bras, Amélie se résignait doucement à le laisser
faire. Il lui expliquait tout ce dont il allait avoir
besoin, pour tenter cette aventure ; il lui demandait
si elle pourrait trouver, sans l'aide de la servante,
des cordes et des chandelles.

A table, ils ne parlèrent plus de ce projet à
cause de Noémi et le début de la soirée s'écoula,
pareil à tous les autres. Aucun bruit ne traversait les
terres à seigle et les hauts plateaux couronnés de
bois. Le front aux vitres, Amélie regardait la nuit
d'été, rassurante et calme. Le docteur tapait machi-
nalement, avec sa cuillère à café, sur le bord de la
table et la vieille bonne desservait lentement en
cherchant à parler avec ses maîtres. Quand ils
furent seuls, le docteur se mit à plaisanter.

— Tu peux me préparer un bon déjeuner pour
demain... Défense d'avoir l'ombre d'un souci avant
cinq heures du matin. Mets-moi des provisions
dans ce sac.

Tout en bavardant, le docteur préparait son
attirail qu'Amélie avait sorti du fond des armoires.
Il changea ses bottes et ses culottes de cheval
pour de vieux pantalons et des espadrilles.

— Ouvre mon lit et défais-le... Si jamais Noémi
entrait dans la chambre avant mon retour, elle
croirait que je viens de me lever.

Comme le docteur embrassait sa fille, dix heures
sonnèrent dans le vestibule. Sur le perron la nuit
était claire, sans lune. Rien n'y faisait lever de ces
grandes ombres mouvantes qui semblaient toujours
chercher à prendre forme humaine.

Pour gagner la sortie des grottes, il fallait descendre une colline et cheminer à travers bois jusqu'à
la lèvre de la gorge étroite creusée dans la roche par
le ruisseau sorti de l'abîme. Le sentier descendait
en pente raide, mais le docteur connaissait ses
moindres détours.

En sautant de racine en racine, en glissant sur les
éboulis et sur les aiguilles de pin, il s'enfonçait dans
cet étroit défilé au fond duquel grondait le torrent.

Au fond de la gorge, le paysage devenait
effrayant. Les deux parois calcaires, rongées par
longues bandes, montaient droit vers le ciel,
sinueuses, couvertes d'arbres noirs accrochés à des
fissures de terre végétale. Arrivé à hauteur de l'eau,
le docteur se mit à en remonter le courant en sautant de roche en roche. Mais, tout d'un coup, une
haute muraille, verticale, barra l'étroite vallée, for-
mant un cul-de-sac gigantesque, un à-pic de plus
de cent mètres au-delà duquel on ne voyait pas
d'issue. En même temps, un souffle glacé s'abattit
sur le docteur et le tumulte d'une cascade, le bruit
d'une trombe d'eau sans cesse renouvelée emplit la
nuit, comme démasqué par un dernier détour des
parois de roches.

C'était l'étroite fissure, large à peine de sept à
huit mètres, haute de quatre-vingts, par laquelle

revenait à l'air libre la rivière souterraine engloutie
de l'autre côté du plateau. L'immense caverne
s'ouvrait là, poussant devant elle un air glacé, pur
comme l'eau qui jaillissait de ses conques calcaires.
Cette bouche de l'étroite vallée, par des lieues de
tunnels et de galeries, communiquait avec l'autre
bouche, ouverte sur le haut-plateau et dans laquelle
le lieutenant avait échappé à ceux qui le poursui-
vaient.

A quelques mètres de la fissure, le docteur
s'arrêta et alluma sa lanterne en l'abritant du vent
contre sa poitrine. Le souffle de l'abîme éteignait
la petite flamme et il lui fallut plusieurs minutes
pour arriver à faire prendre la mèche de sa lampe.

Aucun bruit ne venait du plateau, à cent mètres
au-dessus de sa tête, là où les hommes du village
montaient la garde en scrutant les moindres mouvements de la nuit.

Après avoir guéé le ruisseau, sur un petit fond où l'eau courait entre deux gouffres, le docteur s'engagea sur la première corniche et prit rapidement de la hauteur.

A ses pieds, le ruisseau coulait parfois à une profondeur de sept ou huit mètres et, parfois, après une cascade, arrivait à la hauteur même du sentier. Celui-ci se rétrécissait par moments jusqu'à ne plus être qu'un mince entablement où le pied trouvait à peine une prise. Alors, tourné vers la paroi, le ventre collé au rocher, les mains agrippées aux saillies, le docteur gagnait mètre par mètre en calculant chacun de ses gestes.

L'obscurité était déjà presque complète, plus profonde encore que celle de la nuit, mais différente par la qualité de son silence que trouaient, comme un corps étranger, les écroulements de l'eau dans les cascades. Ce tumulte n'arrivait jamais à se mêler entièrement au silence. Il alternait avec lui, sans jamais le dominer.

Au bout de cet étroit sentier, le docteur s'arrêta et fit face à la paroi. Une cheminée de trois ou quatre mètres s'y creusait et, au-dessus d'elle, s'étageaient de nouvelles corniches qui, dessinant de vastes marches, grimpaient vers le haut de la voûte. Le docteur rejeta son sac sur son dos, prit sa lanterne entre ses dents et, levant les bras, haussé sur la pointe des pieds, assura ses prises de mains sur le rebord de la première corniche. Cet homme qui avait dépassé la soixantaine était maigre et leste. D'un rétablissement, il se hissa le long de la roche, affirma ses pieds sur de minces saillants, lâcha une main, en saisit une prise plus haute et, d'un second rétablissement, basculant le corps vers la gauche, se mit à plat ventre sur la dalle.

Là, il se releva et put continuer à monter sans difficulté les entablements, gagnant de la hauteur jusqu'à se trouver presque au niveau de la voûte. Sa lanterne l'éclairait faiblement, ne découvrant le chemin que pas à pas et plaquant sur les rochers une lueur jaune qui semblait être le halo même de la poussière suspendue sur les parois.

Des galeries s'ouvraient de tous côtés, mais le docteur semblait bien connaître les lieux. Il se dirigea droit, au sommet des entablements, vers un étroit couloir ouvert dans la roche et s'y engagea. Le passage était étroit, sinueux, coupé par d'autres galeries. Au bout de quelques mètres, le silence y était total, sans limites. Le vieil homme avançait rapidement, retenu parfois par des étranglements des parois qui l'obligeaient à passer de biais, les bras en croix, ou à plat ventre. Jamais il n'avait la moindre hésitation devant le lacis des galeries divergentes et marchait droit à travers ce dédale. A deux reprises, des difficultés plus grandes ralentirent sa marche : il dut descendre une paroi presque à pic en se laissant tomber, les mains en avant,

sur des prises suspendues dans le vide, et il dut
traverser une grande dalle oblique, plongeant vers
un trou noir, sous une paroi inclinée dans le même
sens et trop éloignée pour offrir un appui à son
bras.

Tout d'un coup, le bruit de l'eau emplit à
nouveau le silence. La galerie débouchait sur le
torrent, à une assez grande hauteur, au-dessus
d'une paroi verticale. A plat ventre sur la corniche,
le docteur reconnut les lieux, pencha sa lanterne
dans le vide, sonda ce trou noir et, à quatre pattes,
s'avança sur la mince plate-forme. A l'extrémité de
la corniche, il descendit sa lanterne à bout de
corde, jusqu'au bas de la paroi, puis se laissa glisser lui-même, pendu par les mains le long du mur
lisse.

Quand il fut à bout de bras, la pointe de ses
pieds put s'engager dans une anfractuosité, creusée
dans ce mur. Les pieds calés, il lâcha une main,
saisit le bord supérieur du trou, en fit autant
pour l'autre main, resta ainsi quelques secondes,
le corps dans le vide, accroché des pieds et des
mains à ce trou creusé dans la roche et, d'un coup
de reins, s'y mit à plat ventre. Il y rampa pendant plusieurs mètres, puis recommença le même
mouvement. Il toucha du pied le sommet de la
grande dalle qui descendait jusqu'à la rivière. Il
y reprit sa lanterne, traversa l'eau en se laissant
tomber de toute la longueur de son corps d'une
paroi sur l'autre et se mit à remonter le courant en
suivant d'étroites saillies ou en avançant le long
des deux murailles par compression des bras et des
jambes. Il tenait sa lanterne entre les dents et
parfois, sur un entablement plus large, s'arrêtait

pour souffler, le front couvert de sueur, la gorge râpeuse.

Par moments, l'eau était profonde, rapide et toujours si claire que, sous la lueur du falot, le fond de rochers et de petits cailloux apparaissait tout proche.

Le docteur remontait ainsi la rivière souterraine en direction du grand porche d'entrée. Pendant un long moment, il dut avancer en se mettant à l'eau. Celle-ci montait jusqu'à sa taille, glacée, parfois violente. Des galeries s'ouvraient à chaque instant dans les parois, multipliant les détours de l'immense hypogée.

Sur une petite grève de sable, au bord du ruisseau, le docteur s'arrêta, tira de son sac un papier soigneusement plié. C'était le plan sommaire de la rivière souterraine, levé par lui, et grâce auquel il allait essayer de fixer l'itinéraire qu'avait pu suivre l'officier.

Il l'orienta avec une petite boussole qu'il portait à sa ceinture et suivit du doigt le tracé des galeries.

Il était alors tout près de la petite grève de sable au bord de laquelle le lieutenant s'était mis à l'eau.

— Il a dû au moins arriver jusque-là pour échapper aux recherches... A moins qu'il ne se soit jeté dans une galerie transversale... S'il a suivi le fil de l'eau, il a pu être entraîné et noyé dans quelque gouffre. Le plus simple est de chercher à découvrir ses traces. Mais il ne faudrait pas que ceux qui gardent l'entrée aient poussé une reconnaissance jusqu'à la première salle. La lueur de ma lanterne leur donnerait l'éveil.

Il masqua du mieux qu'il put son falot et prit pied sur la petite grève au bas de la dalle que le

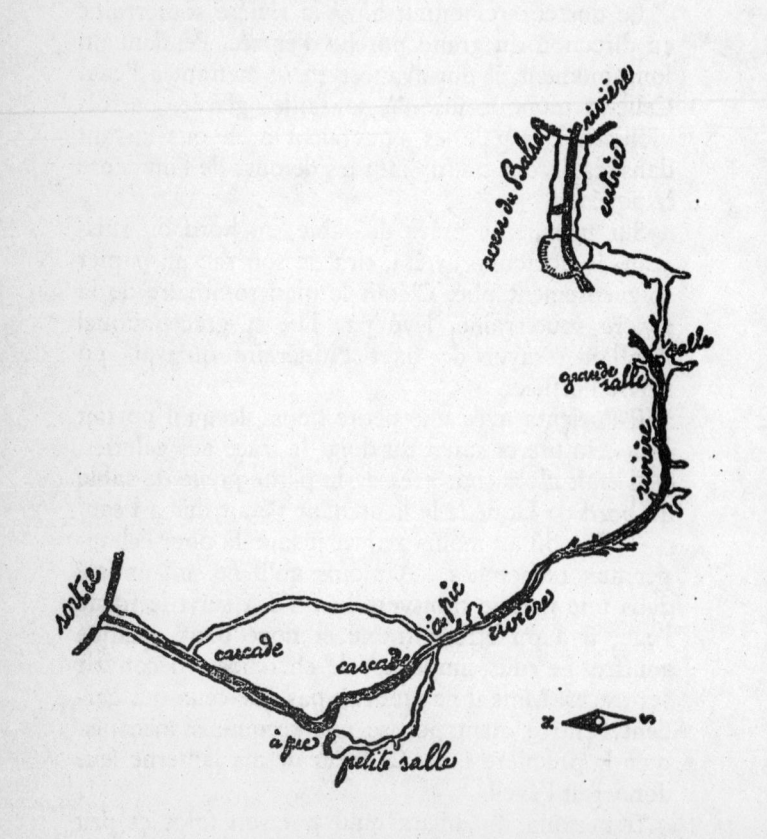

Plan de la Rivière
du
Bramabiou
près du village
Campreux

lieutenant avait descendue le matin. Il regarda
minutieusement, ne vit rien d'abord puis, brusquement, aperçut quelques traces qui suivaient le haut
du sable et allaient jusqu'à l'eau.

— Voilà... Il a dû descendre le courant. La
première manche est perdue. Je croyais le trouver
ici. Ses chances diminuent. Seul, sans lumière, il
a pu se noyer et se rompre les os. Je vais d'abord
jeter un dernier coup d'œil dans la salle et puis
je redescendrai le courant en cherchant sa piste.

Mais des sentinelles pouvaient être postées dans
la galerie d'accès et tirer sur lui en apercevant
le feu de son falot. Il réfléchit un moment, abandonna sa lanterne derrière la dalle et partit en
rampant. Dans l'obscurité, il perdit plusieurs fois
sa direction, et, plusieurs fois, se plaqua au sol,
alerté par un bruit léger et croyant avoir attiré
l'attention des hommes de garde.

— Il n'y a rien à faire par là. S'il est revenu
auprès de la sortie je ne peux rien pour lui. Le
jeu est trop dangereux... Il n'en vaut pas la chandelle, ajouta-t-il avec un petit rire d'énervement.
Il revint sur ses pas, reprit sa lanterne et, s'étant
mis à l'eau, redescendit le courant.

Il avait espéré rencontrer l'officier dans la grande
galerie. Il avait cru tout d'abord arriver au but
sans trop de peine, aussi, trompé dans son attente,
il commençait à désespérer. Il connaissait trop bien
tous les détours de l'immense caverne, le réseau
des couloirs et des galeries, pour ne pas imaginer
tous les accidents qui pouvaient s'y produire. La
plus grande partie des couloirs et des salles de la
rivière souterraine, devinés seulement, dans des
gouffres d'ombre, au cours de ses explorations,

lui restait encore inconnue et il sentait, tout autour
de lui, les pièges silencieux de l'abîme.

— Il est perdu, se répétait-il en avançant, de
l'eau jusqu'à la ceinture, la lanterne haute, scrutant
les parois. Quand il fut assez loin du couloir d'entrée, il se mit à crier, appelant à pleine voix, puis
se taisant brusquement dans la crainte d'effrayer
le fugitif. Du reste, le silence étouffait ses cris, les
repoussait comme avec un corps dur et imper-
méable.

Soudain, sur un bec de rocher qui s'avançait
dans la rivière, poli par les eaux, tranchant, il
aperçut un petit morceau d'étoffe. Il le prit dans
ses mains et reconnut que c'était un lambeau de
zéphyr rayé qui avait pu appartenir à une chemise.
L'étoffe était salie et mouillée, mais n'avait pas dû
séjourner longtemps dans la grotte. Elle semblait
avoir été déchirée brusquement par ce bec de
rocher auquel elle était restée accrochée.

— Ce ne peut être que lui. Il a dû passer par
là. Jusqu'ici, le ruisseau n'est jamais si profond
qu'un homme ne puisse le franchir... mais plus loin,
il y a des gouffres, des cascades... s'il ne sait pas
nager.

Il grimpa alors le long des parois, cheminant
au-dessus du ruisseau, dont il explorait le fond
sous la lueur de sa lanterne. Il avançait lentement
et ses forces commençaient à fléchir.

Il se retrouva enfin sous la grande dalle inclinée,
contre la paroi verticale par laquelle il avait
débouché de la galerie sur le ruisseau.

— Plus loin, il y a les hautes cascades et les
trous d'eau... Malheur à lui s'il est passé par là.
Mais il a pu grimper contre ces parois.

Il examina alors minutieusement les rochers et, sur la rive gauche, aperçut comme des éraflures, des traces de mains et de souliers. Il monta le long de la paroi, vit plus nettement les traces et aboutit à une galerie au sol couvert de sable qui s'ouvrait sur une salle, à voûte basse. Les empreintes étaient plus nettes : un homme était passé par là, il y avait peu de temps.

— C'est lui... Mais s'il a continué dans ce sens, il a dû aller sortir sur les corniches qui dominent le courant, dans l'axe de la sortie. Il y a des à-pics de soixante ou de quatre-vingts mètres, et l'illusion du jour qui a pu l'attirer...

Tout à coup, à l'entrée de la salle, la lueur de son falot tomba sur une forme étendue, immobile. Bien que brave et prêt à cette rencontre, le docteur tressaillit. Il saisit rapidement son pistolet et cria :

— Qui va là ?

Rien ne répondit. Le silence était total et cette nécropole sans cadavres plus muette que les tombeaux. Le corps étendu sur le sable avait l'air d'être là depuis des siècles. Il évoquait l'idée de la mort elle-même, effrayante, immobile. Mais cette idée, loin d'augmenter sa crainte, parut familière au docteur et le rassura. Il posa sa lanterne sur le sol et se mit à genoux.

C'était bien l'officier, couvert par la boue jaunâtre de l'abîme, trempé de la tête aux pieds, la chemise déchirée. Sous la main du docteur, le cœur battait faiblement, mais à coups réguliers. Les yeux, découverts d'un coup d'index, sous les paupières tendues, étaient nets. L'homme n'était qu'évanoui. Le docteur le mit sur le dos, l'accota à la paroi et introduisit entre ses lèvres le goulot de la bou-

teille de vin. Le vin coula des commissures, tacha
la poitrine, mais la pomme d'Adam se souleva et
l'officier avala une petite gorgée. Un instant après,
il ouvrait les yeux.

— Ne parlez pas et ne craignez rien... Reprenez
vos forces.

Mais l'homme poussa un cri étouffé et son visage
se contracta de souffrance. Ses deux mains se portèrent vers sa jambe droite dont il essaya de changer la position.

— Nom de Dieu de nom de Dieu... Tournez-
moi le pied vers la gauche. Aïe.

— Blessé ?

— Je dois m'être brisé la jambe, je souffre atro-
cement... J'ai déjà dû m'évanouir... C'est insupportable.

Le docteur enleva la botte et fendit la culotte
d'un coup de couteau. Le blessé jurait et geignait
avec des mouvements de pudeur et de révolte.

— Tonnerre... Je ne suis plus un homme... Ne
pas pouvoir supporter ça...

— Non, non, ce n'est pas rien... Attendez que je
vous arrange. Il faut quitter ça. C'est très dou-
loureux. Oui. Criez, ça ne fait rien... Laissez-moi
voir... Oui, le tibia semble brisé... Oh là, la fracture
est double... Diable, diable...

Les deux poings aux dents, la nuque portant
sur le sol, le dos en arche de pont, l'homme râlait
de souffrance.

— Tenez, buvez un bon coup. Vous mangerez
un morceau après cela... Vous devez crever de
faim.

— Quelle heure est-il ?

— Quatre heures et demie du matin, dit le docteur en regardant sa montre. « Il y a presque un jour que vous êtes dans cette caverne. »

— Mais c'est le sépulcre lui-même. J'ai cru devenir fou dans cette nuit.

Le docteur arrangea la jambe blessée, provisoirement, puis il fit boire et manger l'officier.

— Comment avez-vous fait pour venir jusqu'ici ? C'est un miracle et c'est un miracle aussi que vous vous soyez blessé. Si vous aviez continué, vous alliez à la mort... Vous étiez sans lumière ?

— Pas tout à fait. J'avais un briquet, mais il ne marche plus... J'ai suivi le courant, pensant qu'il devait sortir quelque part. Au reste, je n'avais pas le choix. De temps en temps, je m'éclairais pour me reconnaître. J'ai donc descendu la rivière jusqu'à un chaos de rochers. Il a fallu parfois que je me mette à la nage ; j'ai été roulé par le courant, déchiré, meurtri... Sur ces blocs de rochers, j'ai résolu de sortir de l'eau. J'étais glacé, fourbu. A la lueur de mon briquet, j'ai vu que je pouvais grimper, j'ai grimpé... A quelques mètres d'ici, sur une dalle gluante, à peine en pente, j'ai glissé et je me suis tordu la jambe. J'ai cru crever de douleur... Je me suis traîné jusqu'ici... Voilà.

L'homme avait parlé vite, avec une sorte de bondissement de fièvre, comme pour se libérer. Dans la demi-clarté, ses yeux brillaient et, par moments, se fermaient sous une poussée de douleur. Le docteur admirait la suite de hasards et l'énergie qui avaient permis à l'officier d'échapper à la mort dans cette tombe toute prête. Il ne pensait pas que, sans sa venue, l'homme n'aurait plus bougé de cette couche de sable où la mort était déjà sur lui.

— Suis-je loin de la sortie? reprit l'officier, « où est le jour ? »

— Pas très loin... Mais aujourd'hui, avec votre jambe brisée, il n'est pas possible de songer à sortir... D'autant plus que l'on vous cherche.

En disant ces derniers mots, le docteur avait baissé la voix, ralenti son rythme.

— Mais je ne crains rien... Je ne demande pas mieux... Quelle effroyable affaire...

— Voyons, que s'est-il passé ? Vous savez que vous avez tué un homme, hier matin ?

— Pouvais-je faire autrement ? Ils m'ont sauté dessus, à trois... J'avais trop de souvenirs sur ce qui se passe en ce moment à travers la France pour me laisser faire sans résister. J'ai peu réfléchi du reste. En avais-je le temps ? J'ai tiré pour faire lâcher prise. Mais j'étais en état de légitime défense. Ils étaient armés... Je suis prêt à répondre de tout cela devant la justice. Mais ils m'ont tiré dessus comme sur un lapin et je n'avais que la ressource de fuir devant moi.

Le docteur soupira. Il était assis en tailleur sur le sable, à côté du blessé.

— Tout cela est effroyable... Ils ne voulaient pas vous faire du mal. N'en parlons plus, Monsieur, mais tout le village est à vos trousses... Je veux bien vous aider ici à vivre et à vous remettre d'aplomb... C'est l'affaire de quelques jours... Puis à sortir sans être vu... Mais il faut me promettre de vous livrer ensuite à la justice, c'est elle qui devra éclairer cette affaire.

— Parole d'honneur, Monsieur, ma vie est entre vos mains. Vous en disposerez d'après votre conscience. Je ne songe pas du reste à échapper aux

conséquences d'un acte auquel j'ai été contraint...
Mais faites-moi la confiance de croire que mes
mains n'ont pas versé le sang par légèreté ou
pour des raisons pires... Si j'ai tué, je ne suis pas un
assassin... Quelle raison pouvais-je avoir ?

Le docteur, d'un mouvement brusque, prit la
main de l'officier et la serra fortement.

— Je garde votre parole... Je dois être net envers
moi-même. Comptez sur moi, Monsieur.

Les deux hommes restèrent silencieux. Les espaces souterrains étaient muets. Par moments, pourtant, un bruit terrible y roulait. Mais ce n'était
qu'une goutte d'eau tombant de la voûte ou qu'un
éclat de roche délité glissant sur le sable. Tout sentiment du temps semblait être aboli par ce silence
et cette immobilité. Aucun souffle d'air ne touchait
la flamme jaune de la lanterne.

— Il faut que je pense à partir. Il serait impru-
dent de prolonger mon absence. Ma fille craindrait
pour moi... Je vais vous laisser ces quelques provisions, des chandelles et ce tricot de laine. Prenez
votre mal en patience... Faites-vous lumière quand
l'obscurité vous sera insupportable... Vous ne ris-
quez rien ici. Cette nuit, je reviendrai avec des
provisions et de quoi réduire votre fracture... Après
cela, nous aviserons. Tâchez de reposer.

L'officier le remercia en tenant ses mains. Il
souffrait encore beaucoup et parlait comme un fou,
les yeux saillants, la bouche contractée.

— Economisez vos chandelles... Je ne pourrai
pas vous en apporter beaucoup... Je risquerais,
en renouvelant trop mes provisions, de donner à
jaser aux gens d'ici. Il n'y a rien à craindre, là
où vous êtes, je vous le répète. Il n'y a ni animaux...

Pendant un moment, le docteur pensa à laisser son pistolet au lieutenant, mais il se ravisa et lui fit des adieux brusques :

— A cette nuit...

Il partit, le laissant dans l'obscurité. Le silence se referma, derrière lui, sur cet homme blessé et gisant comme un mort dans les entrailles de la terre.

En toute hâte, le docteur regagna la sortie. Il faisait déjà clair et l'eau des cascades et des conques était bleue, pure. Les membres brisés, transi de froid, le docteur s'arrêta un instant pour soutenir le choc du grand jour. Puis, par les chemins de traverse, il gagna les bois et se hâta vers sa maison. Sur le plateau, en arrière de lui, la cloche du village sonnait à toute volée.

LE soir même, le docteur retourna dans la grotte, après avoir passé la journée au village où les gens étaient toujours affolés de terreur. L'absence de tout événement réel, loin d'avoir calmé leurs craintes, les avait encore exaspérées. Les patrouilles envoyées en avant-postes, sur la route de la Serrey-rède, avaient ouvert le feu sur des ombres et, toute la nuit, le tocsin avait sonné, tandis que la mousqueterie claquait aux échos des bois, hachant des cavaliers fantômes, nés du brouillard et des rayons de la lune. Dans leur certitude d'être atta-qués, ces montagnards braves et calmes devenaient furieux et combattaient contre les mirages de leur esprit, sans lâcher pied. Ni la raison ni la panique ne pouvaient leur faire rompre ce combat et leurs propres balles, tirées dans tous les sens, leur don-naient l'illusion d'une attaque. A l'entrée des grottes, des piquets montaient toujours la garde, attentifs aux bruits du dehors comme à ceux qui venaient des profondeurs de la terre.

A neuf heures du soir, sûr de n'être inquiété par personne, le docteur partit de chez lui, chargé de provisions et de couvertures préparées en secret

par sa fille pendant la journée. Il arriva sans encombre devant la sortie de la rivière souterraine
et gagna rapidement la salle où gisait le lieutenant.

En s'engageant dans le dernier couloir, il aperçut
le reflet d'une faible lumière. L'officier avait éclairé
une de ses chandelles et, quand le docteur arriva
devant lui, il se souleva malgré sa jambe blessée,
fiévreux, les yeux brillants, secoué par une étrange
exaltation, hoquetant de souffrance.

— Ah merci, merci d'être venu... On attrape la
folie des tombeaux dans ce sépulcre. J'étais sans
heure et je n'avais plus aucune idée du temps.
Combien y a-t-il de jours que vous êtes parti ? Je
souffre encore, mais ce n'est rien. La douleur est
une compagne.

— Allons, dit le docteur, « ne vous laissez donc
pas abattre... Peut-être vous faudra-t-il rester deux
ou trois jours sans que je revienne... Il n'y a pas
vingt-quatre heures que je vous ai laissé ».

Il sortit les provisions. Le blessé, qui n'avait
plus rien à manger, se jeta sur elles.

— Là, vous en avez bien pour deux ou trois
jours. Si jamais j'étais empêché de revenir une
nuit, vous auriez de quoi ne pas souffrir de la
faim. Ne mangez pas trop, du reste.

Quand l'homme eut mangé, le docteur lui installa
une couche avec les couvertures qu'il avait apportées, l'isolant du sol froid et des rochers qui lui
meurtrissaient le dos.

— Maintenant, il va me falloir vous faire un
peu souffrir. Je m'en vais essayer de réduire votre
fracture et d'immobiliser votre jambe.

Ce fut long et pénible. Plus maître de lui que la

veille, ou plus abattu, l'officier criait moins mais gémissait sous la douleur. La fracture était grave et le docteur eut toutes les peines du monde à remettre les os en place et à immobiliser la jambe entre deux planchettes de bois.

— Voilà, c'est une affaire de quelques jours, de quelques semaines. Il faut prendre votre mal en patience... Comptez vingt jours. Après cela, on verra de vous aider à sortir d'ici.

— Je serai boiteux ? dit l'homme avec un ton de crainte puérile que les circonstances et le lieu rendaient comique.

— Je ne peux répondre de rien, mais j'espère bien que non. Du reste, pensez qu'en étant ici, vous échappez à un sort pire. A l'heure actuelle, si vous tombiez aux mains de ceux qui vous cherchent, je ne répondrais pas de votre vie.

L'officier resta silencieux, haletant encore de souffrance, le visage couvert d'une sueur grasse que faisait luire le feu de la lanterne.

— Je les comprends, dit-il enfin, « j'ai tué un des leurs, je ne suis pour eux qu'un assassin. Ils ont raison d'en vouloir à ma vie ».

Le docteur ne répondit pas et lui tendit une bouteille de vin. L'homme but à longs traits, avec un plaisir visible. Il semblait revenir à lui et retrouver toutes ses forces, mais pour tomber immédiatement dans une sorte d'ivresse, une exaltation de la délivrance. Il se mit à parler à toute vitesse :

— J'ai trente-deux ans, voilà treize ans que je cours le monde avec les armées de l'empereur. Ma famille était originaire de Mende où je suis né en 1783 et j'ai encore des parents dans cette ville et des intérêts à y défendre... Au début de la révo-

lution, quand j'avais à peine huit ans, mes parents
sont venus à Paris, où mon père occupait des fonctions publiques. A dix-neuf ans, je me suis engagé
dans les dragons, à Compiègne, où se trouvait le
deuxième escadron du 6° et, depuis, j'ai servi
comme un bon militaire. J'ai peu l'habitude des
civils et les circonstances actuelles m'ont jeté au
milieu d'eux sans que je sois préparé à m'accom-
moder à leur façon d'être... Je suis ainsi peut-être
devenu un étranger pour mes propres compa-
triotes...

— Ne philosophez pas ainsi sur ce qui vous
arrive... Il n'y a là-dedans qu'une suite d'horribles
hasards. Notre pays est à feu et à sang, la crainte
et la suspicion empoisonnent les rapports de tous
les citoyens et chacun de nous peut en être victime... Il est vrai que nos paysans sont exaspérés
par ces guerres trop longues. Depuis plus de vingt
années, on les arrache à leurs champs, on les jette
au combat aux quatre coins de l'Europe. Ils ne
désirent plus que pouvoir travailler tranquilles. Je
vous le disais l'autre soir.

— L'autre soir ? Ah oui... Il me semble être
déjà dans un autre monde. J'ai déjà disparu du
milieu des vivants, comme disparaissent en ce
moment la grande armée et la Vieille Garde... Ah,
Monsieur, je suis peut-être indigne de votre pitié
et la providence avait marqué ma dernière heure
sur le sable de cette caverne. Pourquoi m'arracher
à ses décrets ? Seul, sans emploi, rejeté par ceux que
j'ai cru servir, je n'ai sans doute qu'à disparaître...

— Allons, Monsieur, n'augmentez pas une
sympathie qui me rend déjà difficile d'être votre
gardien en même temps que votre ami. Je

connais mes devoirs et ne veux manquer à aucun...
— Vous avez ma parole, dit brièvement le jeune
homme. « Ni vous ni moi ne pourrions revenir
maintenant là-dessus. Soyez assez bon pour ne
plus penser et pour ne plus faire allusion à cette
situation... Vous me sauvez de la plus atroce des
morts... »

Les heures passaient lentement. Le docteur somnolait parfois. Pour économiser les chandelles, les
deux hommes avaient éteint la lumière et, dans
l'ombre, continuaient à parler à voix basse. Dans
cette nuit, dans ce silence, hors du monde, plus
près des morts que des vivants, ils se rapprochaient
l'un de l'autre mieux qu'ils ne l'auraient fait au
bout de longs mois d'amitié dans des conditions
normales. L'officier parlait de ses campagnes, de
l'empereur, du monde qu'il avait parcouru, le
genou fixé sur sa selle. Il reprenait le récit de la
dernière bataille, de cet après-midi de folie où,
au milieu de quarante mille cavaliers, il avait
tourné pendant des heures autour des carrés
anglais, impénétrables, serrant les rangs, toujours
hérissés de baïonnettes.

Le docteur parlait de ses résidences lointaines, de
ses voyages aux Grandes Indes, de sa retraite dans
ce coin de montagne et, surtout, de sa fille, gar-
dienne de la maison, seule raison de vivre de sa
vieillesse. Il parla d'elle longuement, comme s'il
eût été seul, et l'officier l'écoutait sans mot dire,
sans bouger.

A trois heures du matin, le docteur partit, laissant le blessé dans la nuit, promettant de faire
tout son possible pour revenir le lendemain.

A partir de ce jour-là, une vie étrange s'orga-

nisa qui ramenait presque chaque nuit le docteur
auprès de l'officier. Une amitié de plus en plus
forte se noua entre les deux hommes et la fille du
docteur fut entraînée dans ces liens avant même que
d'avoir vu une seule fois l'étranger.

Quand son père, au petit matin, revenait de la
grotte, Amélie se précipitait pour avoir des nouvelles et pour savoir si rien de fâcheux n'était
arrivé. Dès le premier jour, elle s'était passionnée
pour cet inconnu, meurtrier, innocent, frappé par
le destin et condamné à rester de longs jours sous
la terre en attendant la guérison et l'heure de se
livrer aux gendarmes. Pour une femme jeune, seule,
sans autre affection que celle de son père, ces circonstances avaient une étrange puissance, capable
de renouveler toute une vie. Au matin de son
premier retour, Amélie demanda à son père des
détails sur l'inconnu, sur son visage, son aspect,
sa conversation. Elle passa dès lors ses journées
à préparer en cachette des provisions pour l'officier, à choisir des couvertures légères et chaudes
pour lui improviser un lit. Quand le soir vint,
elle essaya de décider son père à la prendre avec
lui dans la grotte :

— Vous m'avez déjà permis de vous accompagner dans vos explorations... Sans doute, n'ai-je
pas traversé complètement la rivière souterraine
mais ce jeune homme est maintenant assez près
de la sortie. Seule, la descente de la paroi présente
quelque difficulté, mais je puis en venir à bout. Une
main de femme ne serait pas de trop pour arranger
la prison de ce malheureux.

Mais le docteur ne voulut pas céder. Une double
absence, pendant toute la nuit, risquait d'être trop

facilement remarquée. Les gens étaient encore trop
en éveil. Du reste, l'officier en avait pour de longs
jours d'attente, la fracture de sa jambe était grave.
D'ici quelque temps, on pourrait voir. Petit à petit,
on l'installerait commodément dans sa caverne. A
ce moment-là, la visite pouvait avoir quelque
utilité.

En attendant, il s'établit entre la jeune fille et
l'officier une sorte de dialogue, une conversation
par personne interposée. Amélie donnait des
conseils au lieutenant, lui envoyait des fruits, des
fromages. Pour lui permettre de résister à l'ennui
des longues heures de solitude, elle lui faisait par-
venir aussi des livres, lui imposait ses goûts, ses
préférences.

— Ma fille m'a dit de vous faire lire cet
ouvrage... Ce sont les poésies d'un Ecossais, je crois.
Il n'y parle que de brouillards, de lunes, de nuit
et de cavernes. Je n'aime pas trop ça, mais elle ne
trouve rien de plus beau. Elle est sûre que rien ne
peut vous faire plus plaisir, dans la situation où
vous êtes. C'est tout à fait ce qu'il vous faut, à
son jugement. Tenez, poésies d'Ossian...

Tandis que les jours passaient, Amélie s'em-
ployait à convaincre son père de l'emmener un soir
avec lui, dans la grotte. Elle avait maintenant
l'impression de connaître parfaitement ce jeune
homme qu'elle n'avait jamais vu mais qui faisait
l'objet de toutes les conversations de sa journée
et de toutes les pensées de ses nuits. Le docteur
hésitait encore et cherchait à gagner du temps mais,
habitué à céder aux caprices de sa fille, il s'accou-
tumait peu à peu à l'idée de cette expédition
dangereuse.

De son côté, l'officier, mis au courant de ces projets par le docteur, attendait avec impatience la visite de la jeune fille.

— Alors, est-ce pour demain ? Je ne vis plus que pour cette soirée... Je ne peux pas dire que les jours soient longs ici, car il n'y a ni jour ni nuit mais rien que des heures terribles. Il y a des moments où je crois devenir fou et je donnerais ma vie pour voir un peu de ciel, un arbre, un nuage... Votre jeune fille remplacera tout cela.

Il y avait déjà dix jours que l'officier était au fond de la caverne quand le docteur se décida à prendre sa fille avec lui. Ils partirent à neuf heures du soir, après avoir dit aux domestiques qu'ils allaient se promener dans les bois. La terreur pesait encore sur les habitants du pays et le jardinier et Noémi essayèrent vainement de retenir leurs maîtres.

Chargés de provisions, le docteur et sa fille gagnèrent l'entrée de l'abîme. Sur les corniches, ils avancèrent lentement, retardés par les maladresses d'Amélie que son père devait aider dans tous les passages difficiles. La descente de la paroi fut particulièrement pénible et le docteur dut assurer sa fille avec la corde, lui placer le pied dans les prises et guider chacun de ses gestes. Mais la jeune fille était animée d'une énergie sauvage. Elle voulait arriver auprès du blessé et rien n'aurait pu la retenir et la faire revenir en arrière.

Après de longs efforts, les genoux écorchés, les mains tailladées par les roches, Amélie arriva enfin devant le dernier couloir qui conduisait à la salle où se trouvait le lieutenant.

Celui-ci n'avait pas allumé sa petite lanterne. Il attendait dans l'obscurité complète, attentif au moindre bruit, au moindre mouvement. Mais les détours de la caverne l'emmuraient dans un silence total et ce n'est qu'au dernier moment qu'il put se rendre compte que l'on venait vers lui. Son cœur se mit à battre, une vive rougeur échauffa ses joues, ses mains tremblèrent légèrement. Avant qu'il ait pu surmonter ce trouble, le docteur et sa fille étaient à côté de lui. Il ne put dissimuler et, relevant le buste, arqué sur ses coudes, dit simplement :

— Je crois assez montrer ma joie pour ne point avoir à vous remercier de votre visite, Mademoiselle.

Amélie regardait cet homme couché, cloué au sol par sa blessure, la barbe naissante, les cheveux dépeignés, éclairé par le feu sourd de la lanterne. A chacune des paroles qu'il disait, elle se sentait attirée en avant, comme par un vertige. A son tour, elle eut un léger tremblement. Elle pâlit, s'agenouilla auprès du blessé et lui prit la main.

— Il faudrait être bien dur... Avez-vous au moins tout ce qui vous est nécessaire ?

— Vous ne m'avez pas tout dit, Monsieur. Mademoiselle est plus belle que le jour. Je suis payé de mes souffrances... Et pourtant, aujourd'hui, j'ai plus souffert que jamais... Voir un coin de ciel ! Ah, Mademoiselle, ces ténèbres sans fin sont le plus horrible supplice qui se puisse imaginer... Je ne crois pas pouvoir y résister longtemps encore. Je sens grandir en moi une sorte de folie, un désir insensé de revoir la lumière. Je n'en demande pas beaucoup, un bout de ciel seulement. Vous m'avez souvent parlé, Monsieur, d'une salle voisine d'où l'on aperçoit, dans l'axe

de la sortie, un coin de ciel... Je donnerais tout
pour me traîner jusque-là.

— Allons, allons, c'est le jour où je viens vous
voir que vous choisissez pour être aussi peu raison-
nable? Faut-il que je regrette ma visite? Ne
pouvez-vous prendre votre mal en patience ? Avez-
vous lu mes livres ? Votre ordinaire vous convient-
il ? Avez-vous assez de couvertures ?

Le jeune homme reprit brusquement les mains
d'Amélie et se mit à pleurer.

— Excusez-moi, Monsieur, pour cette familia-
rité et pour cette faiblesse... Il faut bien que je
m'acquitte d'une façon ou de l'autre et je ne peux
vous payer qu'avec des larmes. Croyez bien que
chez moi elles sont rares et précieuses.

A genoux auprès du lieutenant, Amélie lui abandonnait ses mains. Jamais, peut-être, elle ne s'était
trouvée aussi près d'un jeune homme et jamais un
trouble aussi grand ne s'était emparé de son esprit
et de sa chair. Elle pensait que la pitié l'animait
seule mais, autour de ses poignets, un cercle brûlant enfiévrait son sang et faisait bondir son cœur.
Pendant quelques secondes, elle crut qu'elle n'allait
pas pouvoir résister à ce vertige et qu'elle allait
s'écrouler sur ce corps allongé auprès d'elle. Jamais
pourtant elle n'avait trouvé tant de joie à vivre.

Le vertige décrut. Les coups de son sang, sous
ses oreilles, à ses poignets, au fond de sa poitrine,
diminuèrent de violence. Il lui semblait sortir d'un
exténuant effort. Au plus profond d'elle-même, ses
muscles tremblaient légèrement et, à chacune de
ses expirations, il lui fallait chasser, par un léger
soupir, comme une boule d'air qui lui oppressait
la gorge.

Au bout d'un moment, encore ivre de fatigue, elle put reprendre part à la conversation, bavarder avec son père et avec le jeune homme, plus calme lui aussi et qui faisait effort pour plaisanter.

— Avoir passé dix ans à cheval, à courir les routes et venir échouer dans cette cave ! Croyez-vous que ce soit un destin ordinaire ? Et ma chance... Avoir trouvé un docteur qui vienne me soigner jusque chez les morts... Et maintenant...

— Si l'on pouvait soigner et guérir les morts..., disait le docteur. « Sans aller jusque-là, ce sera ma plus belle guérison. »

— Quelle étrange aventure... On dirait qu'à moi tout seul, je représente la Grande Armée... Où est-elle à présent ? Evanouie, rentrée sous terre, pourchassée par les gens des campagnes. Je crois que les paysans ne peuvent pas supporter pendant trop longtemps les militaires. Nous tenions trop de place, ils nous l'ont bien fait voir.

— Pensez à vous, disait Amélie. « Vous prenez plus de soucis de l'Armée que de votre personne. L'autre jour, j'ai bien eu peur de vous faire jeûner de force... Père n'a pas pu revenir vous voir de deux nuits. »

— J'avais vos livres et ce gros saucisson...

— Le bout du monde ?

— ... Que j'ai mangé sans pain, mais de quel appétit, avec la peau et des grains de sable.

Au fond de l'abîme, loin des vivants, ils bavardaient ainsi sans que jamais leur conversation risquât de fléchir. Trop de souvenirs, trop de petits événements, notés dans leurs moindres détails, étaient déjà communs aux deux jeunes gens. Depuis des jours déjà, leurs vies étaient étroitement mêlées :

Amélie ne pensant qu'au blessé et celui-ci ne vivant que par elle.

— Et les confitures... Le docteur ne voulait pas me les laisser parce que le bocal s'était cassé dans sa sacoche. Il avait peur des débris de verre. Que peuvent les débris de verre contre un homme dans ma situation ? Je les ai mangées quand même.

— C'est mal... Nous en avons de pleines armoires.

— Votre jambe ne vous suffit pas ? disait le docteur. « Vous en avez encore pour un bon mois. C'est grave, ces fractures, et je vous ai soigné bien tard. »

— Je ne souffre pourtant presque plus, mais pour marcher, évidemment...

— Oui, pour marcher...

Au bout de quelques heures, il fallait penser au départ.

— Encore un moment, disait Amélie. « Je ne peux pas arriver à imaginer que l'aube puisse être déjà là. Le soleil se lève-t-il encore? »

— Le soleil... Peut-on le voir de cette salle où l'on est dans l'axe de la sortie ? Ah, si le destin avait voulu que ce soit là que je me casse la jambe... Alors, on voit le ciel dans l'eau de la rivière ? Les nuages ? Des branches d'arbres ?

— Quand vous irez mieux, on pourra peut-être vous y transporter. Si voir un rai de jour, à cent mètres au-dessous de vous, dans une flaque d'eau grande comme un écu, peut vous être une joie... Ah, c'est un étrange spectacle.

— Voir le jour se lever... Et la nuit... Pouvoir mesurer le temps, prendre des points de repère... Peut-être des étoiles passent-elles dans cette conque.

Si loin pourtant, à cent mètres, dites-vous ?

— Cent mètres à pic... Il est impossible de descendre par là. Vous touchez au sommet de la voûte et les parois sont verticales. Quand on débouche dans cette salle, on croit que cette flaque de clarté est à quelques mètres, qu'on va pouvoir la saisir... Un pas en avant vous précipiterait dans le gouffre.

— J'ai eu ma chance, dit l'officier. « Et elle continue maintenant. A part mes compagnons d'armes, je n'ai jamais eu un seul ami... Je n'en avais pas le temps. Vous êtes les premiers à m'avoir tant donné... Sans notre défaite, je n'aurais jamais su ce que pouvaient être des liens semblables, en dehors de la camaraderie. Sans cette horrible histoire, j'aurais même peut-être attendu longtemps avant de me rapprocher autant d'un autre homme et d'une... d'une jeune fille comme vous. »

LES livres, les travaux, les besognes quoti-
diennes, tous les objets de la maison semblaient
faits pour ramener Amélie à sa solitude. Il en était
ainsi depuis des années. Rien ne comptait pour
elle en dehors de son père et des habitudes qu'ils
avaient en commun et que la vie avait lentement
réglées. Tous ceux qui l'entouraient lui semblaient
si différents d'elle qu'ils n'étaient jamais entrés dans
le petit monde clos de ses sentiments et de ses
rêves. Elle traitait avec gentillesse les gens du village
et les domestiques de la maison, sans donner à
personne une place dans son existence. Mais, pour
aussi complète qu'elle soit, la solitude d'une jeune
fille est toujours fragile.

Maintenant, les objets eux-mêmes ramenaient
sans cesse Amélie vers le souvenir du jeune homme
emmuré dans l'abîme. Elle avait pris sa vie en
charge et ne pouvait l'oublier à aucun moment.
Elle pensait à lui en rangeant les provisions dans
les armoires, en triant les fruits dans les corbeilles,
en mettant les fromages à sécher sur les petites
claies d'osier, en faisant ses achats au village. Le
secret qu'il lui fallait garder augmentait encore

cette hantise. Elle n'était plus jamais seule et, derrière chacun de ses actes, il y en avait toujours un
autre, plus difficile et plus poignant, pour lequel
elle s'engageait tout entière.

Ainsi, l'officier était devenu tout pour elle, avant
même qu'elle ait eu le temps de reconnaître ses
sentiments et de s'interroger sur eux. Mais l'amour
est-il autre chose ? Chez Amélie, le don de soi
avait précédé tout autre mouvement et toute autre
émotion. Les événements avaient été si rapides,
qu'elle n'avait pas eu le droit d'hésiter et de réfléchir. En quelques jours, une suite de hasards lui
avait imposé une destinée à laquelle plus rien ne
pouvait l'arracher.

Chaque nouvelle journée l'attachait plus fortement à cet homme inconnu qui ne vivait plus que
par elle. A chaque instant, elle calculait, combinait
et ne faisait plus rien sans penser à lui. D'un
seul coup, tous les rêves qui auraient pu traverser sa
jeunesse solitaire, tous les visages de jeunes
hommes qui auraient pu l'entraîner vers un monde
nouveau avaient pris forme réelle et présente. La
plus fantastique rêverie d'adolescente était devenue
l'histoire même de sa vie.

Elle passait ses jours à imaginer la fin de cette
aventure, elle y engageait sa vie, elle y perdait le
sens des choses réelles et jusqu'au souci de son
bonheur. Grâce à ses soins, le lieutenant guérissait.
Elle le voyait se lever et sortir de l'abîme dans une
sorte d'apothéose. Tout le drame était dénoué,
toutes les difficultés étaient aplanies, il revenait au
jour en tendant les mains vers elle... mais ce rêve
n'allait jamais plus loin, il ramenait Amélie à ses
devoirs, lui faisait penser aux provisions qu'elle

avait à mettre de côté pour la journée, aux mille
détails qu'elle avait à régler, seule, avec la hantise
de cette jeune vie à laquelle la sienne se liait de plus
en plus.

Ce rêve était devenu le seul plaisir de sa vie.
Elle s'y abandonnait sans réserve. Il la ramenait
vers la réalité, mais il naissait aussi de tous les
contacts qu'elle avait avec les choses réelles. Au
milieu des petits travaux de la maison, elle s'arrêtait parfois brusquement et voyait se dérouler
devant elle la scène étrange, imaginée mille fois, de
la sortie du lieutenant hors de l'abîme. Il venait
vers elle, les mains ouvertes, avec le visage de celui
qui fait le don de soi-même, dans un sourire
d'allégresse, si grand, si fort, que le paysage n'avait
plus rien de tragique ni de démesuré. Sans qu'elle
sût comment, tout commençait pour elle à partir de
cette minute : la joie et le calme et jusqu'au goût
de vivre.

Le songe d'une jeune fille solitaire — un homme
jeune, officier, venu à cheval de l'autre bout du
monde, poursuivi, blessé, caché, soigné par elle —
s'était abattu sur sa vie avant même que, lasse de
sa solitude, elle ait eu le temps de l'imaginer. Mais,
en revanche, il entraînait maintenant toutes ses
pensées et cette réalité fantastique s'ouvrait à son
tour sur de nouveaux rêves de jeune fille dans
lesquels Amélie engageait son cœur et son destin.

— Alors, vous levez la garde ? disait Félix.
« Si vous attendiez quelques jours encore... Il pourrait sortir juste maintenant. Le père m'a dit de venir voir ce qui se passait. Attendez deux ou trois jours, on descendra tous les deux. »

M. de Camprieu semblait hésitant. Il regardait les anciens du village, les chefs de groupe qui, depuis vingt jours, assuraient la garde des grottes et la police de la commune. Mais sa décision était prise et Félix le sentait bien.

— Si l'on croyait, s'il y avait une chance, une seule, de rien du tout... Mais, vois-tu, depuis vingt jours, il a dû crever ou nous filer entre les doigts.

— Et puis, vous savez, j'ai toujours pensé qu'il avait dû hériter d'une chevrotine... Oui, je sais, on n'a pas trouvé de traces et, le sang, ça se voit... Mais tu as un bon coup de fusil, Félix, et le cheval était en plein mouché. Une balle a pu le toucher au genou ou dans les reins, ça ne saigne pas toujours comme vache qui pisse... Le sang peut couler en dedans, on n'en crève que mieux.

— Sûr qu'il a dû crever, de blessure ou de faim, c'est tout pareil.

— Tu vois, disait le maire, « ils sont tous d'accord. Si ce bandit ne nous a pas glissé entre les doigts, il est sûrement mort depuis plus d'une semaine. C'est perdre notre temps que de garder un cadavre et de passer les nuits en plein vent, maintenant qu'elles tournent au froid. »

Mais Félix ne voulait pas se laisser convaincre. Il cherchait le moyen de faire prolonger encore la surveillance, de garder une dernière chance.

— Alors, s'il a crevé dans le trou, ça devrait puer... A l'odeur, on pourrait toujours trouver sa charogne, que je puisse lui cracher aux yeux.

M. de Camprieu se tourna vers le docteur, venu ce matin-là au village et qui regardait le garçon de la Serreyrède d'un air étrange.

— Ah, tu crois ? Demande à M. le Docteur... Il m'a souvent dit que, dans ces cavernes, les morts ne pourrissent pas comme dans la terre.

Le docteur sembla s'arracher à une rêverie, étrangère à tout ce qui se disait autour de lui :

— Non, on ne peut pas espérer être guidé par la puanteur... Dans ces profondeurs, les corps gonflent sans se dissoudre et sans émettre d'odeur pendant de longues années.

— Et des chiens ? dit brusquement le garçon. « Ça piste un lièvre dans les herbes, ça doit bien sentir un homme sur les pierres ? On n'a pas pensé à mettre les chiens sur sa trace... A lever le siège, on pourrait bien tenter une battue ? »

— Si tu veux, Félix, avant de mettre fin à la surveillance, on descendra dans le trou, à quinze ou vingt, les plus agiles du pays... Ça vous mettra l'esprit en repos, à ton père et à toi. Avec une meute de chiens à loups ? Nous sommes d'accord.

— A votre idée... On pourrait y aller demain
matin. Je descendrai du col avec le père. C'est
nous autres que ça regarde en premier.

Le maire se tourna vers les chefs de groupe.
Tous attendaient, évidemment lassés par leur effort,
désireux d'en finir.

— Demain matin, nous ferons la battue. Choisissez les hommes, des coureurs de rochers, qui
sachent nager... Demandez aussi des chiens, des
durs, des féroces, de ceux qui tiennent le loup au
ferme. Qu'on leur fasse sentir la selle et le manteau
du particulier... Et, pour aujourd'hui, dédoublez les
équipes. A deux ou trois, la sortie sera aussi bien
gardée.

Pendant que Monsieur de Camprieu parlait,
Félix était devenu rouge; comme si quelque chose
lui avait serré la gorge il soufflait bruyamment et
regardait tous les hommes, l'un après l'autre :

— C'est l'occasion d'aller au fond de cette
caverne... Mon bras à couper que je vais jusqu'au
bout. Si le ruisseau de l'entrée sort aux autres
grottes, il faudra que je sorte aussi par là. Je
passerai plutôt à la nage.

Le docteur écoutait toujours, avec le même air
d'inquiétude :

— Ne fais pas le fou... Pour trouver un cadavre,
ne va pas te tuer dans ces abîmes. Tu crois que tes
parents n'ont pas assez eu de malheur ? Nous
serions bien avancés, si deux ou trois d'entre vous
allaient se rompre les os dans un aven.

Le garçon posa son petit chapeau noir par terre,
cracha devant lui, d'un jet précis, devint plus rouge
encore :

— Même s'il faut crever, je descendrai dans

l'abîme. Que le diable me descende et me remonte,
mais je trouverai ce brigand. Il y en aura bien un
ou deux pour m'accompagner ? Qui n'a pas de
femme ou d'enfants ? Pour les filles, si nous restons
là-bas, elles nous attendront.

— J'en suis, dit un petit bûcheron à la figure
grêlée, qui n'aimait ni les filles ni la compagnie des
garçons. « Tu n'iras pas seul, Félix. Si nous crevons,
on fera une complainte sur nous, on la chantera,
dans cinquante ans : *Les Garçons perdus dans
l'abîme.* »

— Et de trois, dit un garçon des Oubrets, en
jetant aussi son chapeau par terre. « Lance ta casquette, Julien, que nous fassions le serment. On
passe partout à l'air libre, personne ne nous mon-
trera descendre les précipices de la Dauphine, ce
n'est pas le noir du trou qui nous fera peur. »

Julien lança sa casquette en peau de taupe sur les
deux chapeaux et balança sa petite tête hostile,
méchante.

— Ça va, les amis, dit Félix, « demain nous
traverserons l'abîme, s'il peut être traversé. »

— Et nous le ramènerons, crevé ou vivant, mais
crevé d'avance.

La décision des trois garçons était si forte, si
rageuse, que le docteur comprenait qu'il valait
mieux ne pas s'opposer à leur plaisir de s'engager
en public, mais une angoisse grandissante le domi-
nait. Ces coureurs de rochers, ces pêcheurs de
truites, habitués aux gouffres des torrents de montagnes, allaient-ils découvrir la retraite de l'officier ? Que diraient-ils en le trouvant blessé, soigné, installé dans un coin de la grotte, ravitaillé,
entouré de livres, de couvertures, de vivres, de

chandelles, dont la provenance serait trop facile à déterminer ? En une heure le secret serait connu de tous et la fureur populaire chercherait sa vengeance. Le docteur suivait le fil de ces suppositions : serait-il en sécurité, malgré les amitiés vieilles de dix années, malgré la reconnaissance que lui devaient les gens du pays ? Sa fille échapperait-elle à leur colère. Il en avait fait sa complice, il était le complice d'un assassin. Mais soudain, une crainte plus forte dont il s'étonnait lui-même arrêtait son attention : que deviendrait le lieutenant, l'homme blessé, sans défense, son malade, son ami ? Pour lui, aucune incertitude, aucun espoir, c'était la mort, les injures au-delà du massacre, une fin honteuse, atroce.

— Ecoute bien, disait à Félix le petit bûcheron, un sourire en travers de sa figure méfiante, déshabituée des hommes, « écoute bien, derrière la grande salle, on se met à l'eau et l'on nage droit devant soi. On finira bien par arriver quelque part. Pour moi, l'eau ressort de l'autre côté de la montagne. »

— Ne dis pas de sottises, tu sais bien que jamais ce qu'on a lancé dans le courant n'est ressorti de l'autre côté. Ce n'est pas le même trou. Il n'en manque pas des gouffres et des avens dans notre pays. Mais ça ne nous empêchera pas d'arriver quelque part. Il doit y avoir des salles et des galeries après la rivière.

— On aurait dû faire ça le premier jour. Plus à fond qu'on ne l'a fait. Mais on était trop bouleversés, et puis, il fallait penser à défendre le pays. Maintenant qu'on est tranquilles...

— Oui, dit le maire, « le roi est revenu et nous

n'avons plus rien à craindre. Les fabricants de
désordre sont matés. »

— Alors, dit Félix, « ce sera pour demain
matin ? J'irai chercher le père. Ce n'est pas lui qui
me retiendra. Pour aujourd'hui, on peut s'occuper
de préparer le départ. »

Au fond de la place, Amélie passait, un panier de
provisions sous le bras. Elle venait de faire des
emplettes et son père, en l'apercevant, prit brusquement congé du petit groupe :

— Réfléchis bien. Ne va pas te tuer dans l'abîme.
Tes parents n'auraient plus personne.

— On en sortira et, si l'on se casse une jambe,
vous saurez bien nous la remettre.

Le docteur s'éloigna, un peu plus voûté qu'à
l'ordinaire, l'épaule gauche plus basse que la droite,
le cou de travers. Il rejoignit sa fille et descendit
avec elle vers sa maison. Dès qu'ils eurent dépassé
le village, il lui dit à voix basse, très vite, en regardant si personne n'était auprès d'eux :

— Tu ne sais pas ? C'est terrible, ils veulent
faire une grande battue dans les grottes, demain
matin, avant de lever la surveillance de l'entrée. Il
y en a trois qui sont comme fous, et qui jurent de
traverser la caverne... Félix en tête, avec ce petit
bûcheron, tu sais, le grêlé, Julien, celui qui n'écoute
jamais personne et cette tête folle de Marcel, celui
des Oubrets qui doit parler plus fort qu'il n'a de
courage. Ils sont capables de le trouver, de le tuer
et ensuite...

— Il faut le mettre en lieu sûr... Ah mon père,
nous ne pouvons pas l'abandonner.

— Et j'ai promis d'aller à l'Espérou cet après-
midi pour voir la grand-mère Dupont qui est

malade... Non, ce n'est pas possible d'y manquer, je donnerais l'éveil.

— Je ne peux pourtant pas aller dans la grotte toute seule, jamais je n'y retrouverais mon chemin, jamais je ne franchirais les corniches... Ces garçons vont le découvrir, il faudrait le porter jusqu'à la dernière salle, bien effacer toute trace. Ils sont pires que des chiens, ils vont le suivre à la piste, voir la trace de nos pas.

— Ecoute, je vais aller tout de suite à l'Espérou, voir la vieille. Je rentrerai vers les neuf heures et, cette nuit, j'irai dans la grotte. Je garde quand même l'espoir de les voir reculer dans leur entreprise. Ils sont hardis, robustes, surtout Julien et Félix, mais le silence et l'obscurité les déconcerteront plus que des dangers matériels. C'est d'eux-mêmes que peut venir leur échec. Ce sont des hommes à ne reculer que devant les fantômes et l'abîme en est plein... Même s'ils suivent le cours du ruisseau, ils peuvent passer contre la paroi sans songer à explorer la galerie haute... J'effacerai toute trace...

— Et si nous restions avec lui ? Ou si vous lui laissiez de quoi se défendre ?

— Tout de même, encore du sang...

— Mais c'est notre ami, et vous savez bien qu'il est innocent, que rien ne peut lui être reproché...

Amélie était pâle, tremblante, comme si sa vie entière avait été engagée dans cette horrible aventure. Son père la regarda, lui passa la main sur le front, à la naissance des cheveux, sur la lisière des petites boucles folles :

— Oui, il est déjà tellement notre ami, ce malheureux garçon. J'ai eu le temps de l'estimer, de

comprendre son malheur, la fatalité dont il est
victime.

— ... Tellement notre ami. Jamais je n'ai connu
quelqu'un qui me soit aussi proche, aussi...

Pendant que le père et la fille resdescendaient
vers leur maison, sur la place, les jeunes gens
discutaient toujours, s'excitaient les uns les autres.

— Non, on ne risque pas de se perdre. En
suivant le courant de l'eau, si on se trouve bloqué,
on a le meilleur fil pour revenir en arrière.

— Le danger c'est de tomber sur des cascades...
Si tu te fais rouler sur des rochers et si tu te
casses un bras, tu es bon pour te noyer dans le
premier gouffre.

— Tu aurais peur de sauter une cascade, dans
les rivières ? Non ? Alors ?

— Oui, oui, en plein soleil, quand on y voit...
Mais là, dans la nuit... Et puis, l'air peut te manquer, les rochers peuvent te tomber sur la tête.

— L'air peut te manquer ? Monsieur de Camprieu ? A votre avis, on risque d'être étouffé au
fond de ce trou ? L'air y est mauvais ?

— On ne peut pas savoir. Tant que les chandelles brûlent... Si elles s'éteignaient, il faudrait
revenir en arrière.

— Et puis, dans ces abîmes, il y a peut-être
d'autres choses... Des choses du dessous de la
terre...

— Monsieur le Doyen a dit qu'il valait mieux
ne pas entrer dans cette caverne... C'est la Bouche
du Diable...

— Trois fois tant pis. C'est dit, c'est dit. Comme
ça, on saura à quoi s'en tenir sur cet assassin et sur
ces gouffres. Le plus tôt sera le mieux... Si vous

êtes prêts, j'y vais tout de suite. Pour se mettre à l'eau, il vaut mieux n'avoir pas dîné.

En quelques minutes, la décision fut prise. Il était environ midi, tout était prêt, on avait sous la main des chandelles, quelques lanternes et des cordes. Les chiens étaient faciles à rassembler. Quinze hommes étaient là, décidés à explorer la grotte jusqu'au torrent et les trois garçons ne voulaient plus attendre pour tenter l'aventure.

— Taïaut, Mirette, Fanfare, criaient des enfants à travers le village en ramassant les chiens, en les accouplant. « Noiraud, La Bombe. »

Des femmes préparèrent des provisions, on lia la meute et, vers une heure, le groupe descendit dans la direction des grottes.

La bouche de l'abîme était toujours silencieuse mais les eaux de la rivière, gonflées par les pluies de l'arrière-saison, avaient monté le long des parois lisses. En avançant sous les voûtes, on entendait leur murmure, prolongé par les échos, accru par le silence même.

Dans ce tumulte grandissant, les dix-huit hommes dépassèrent le piquet de garde et, par le grand couloir, arrivèrent rapidement dans la première salle. Après avoir fouillé les galeries, et grimpé la grande dalle inclinée, ils arrivèrent sur la berge de sable devant laquelle, vingt jours avant, l'officier s'était jeté dans la rivière souterraine. Les chiens avaient battu tous les coins, autour de la grande salle et, parfois, étaient partis brusquement, comme guidés par d'invisibles pistes. Mais, vite calmés, déconcertés, ils répugnaient à quêter dans cette obscurité et, loin d'être ardents à la recherche, ils avaient besoin d'être excités par leurs maîtres.

Devant la nappe d'eau, ils s'accroupirent sur le sable et se mirent à gémir, longuement, comme à la mort.

Le grêlé quitta sa veste de velours, ses pantalons et ses souliers. Du bout des doigts, il tâta la température de l'eau. Il se frotta les tempes avec ses mains humides et fit la grimace :

— Pas moyen de compter sur les chiens... Les hommes sont plus sûrs que les bêtes, malgré tout. On y va?

Félix et Marcel se dévêtirent à leur tour. Dans le courant d'air qui suivait celui de l'eau, Marcel claquait des dents. Tous les trois prirent leurs chapeaux et s'ingénièrent à y fixer tout ce qui ne devait pas être touché par l'eau. Julien mit dans sa casquette un quignon de pain fendu et garni de lard, son briquet et deux chandelles. Félix essayait en vain de fixer un pistolet contre son chapeau, avec des ficelles. Il finit par y renoncer, et glissa un couteau dans sa ceinture.

— Laguiole y suffira, dit-il, « avec ça, on peut saigner un sanglier... Ça rentre de pointe. »

Le premier, le grêlé se mit à l'eau. Il entra d'un coup jusqu'à la ceinture et s'arrêta en faisant « ouf », et en se haussant sur la pointe des pieds.

— Attendez-nous là, dit Félix. « Si vous nous entendez crier, c'est que nous aurons trouvé le bonhomme. »

— Ne le tuez pas.

— Non, on le ramènera... A moins qu'il n'ait l'air de vouloir se défendre, on réglera les comptes dehors. Mais, c'est parler pour rien, on le trouvera mort et séché par la faim.

A leur tour, Félix et Marcel entrèrent dans l'eau, élevant chacun une chandelle au-dessus de leurs têtes, les chapeaux bien enfoncés sur le front pour mieux maintenir les objets dont ils étaient chargés.

— Ne faites pas les fous... S'il y a danger, revenez. N'allez pas vous tuer pour trouver un mort... Félix, tu n'aurais quand même pas dû partir sans le dire à ton père. S'il t'arrivait quelque chose... Il y a peut-être des dangers que nous ne connaissons pas.

Le grêlé, déjà engagé dans le couloir à voûte basse, entraîné par le courant, dit d'une voix lointaine :

— Ne vous inquiétez pas.

L'un après l'autre, les trois hommes disparurent et ceux qui restaient, soufflant presque toutes les chandelles, s'assirent dans la pénombre que n'éclairait plus qu'une seule lanterne, le cou droit, l'oreille au guet. Les chiens continuaient à gémir, recevaient des coups de pied dans l'ombre, se poussaient les uns les autres, relançaient un cri, désespéré. Un clapotis d'eau marquait seul l'existence des trois jeunes gens aventurés dans l'abîme. Il décrut, cessa, remplacé par le bercement naturel de l'eau dans les roches; un cri monta du couloir, tordu par l'épaisseur de l'air, et le silence de la caverne revint d'un coup, comme un bloc qui se serait détaché du plafond.

Les trois garçons suivaient le courant. Roulés par lui, ils s'engageaient sous la voûte basse et sentaient l'eau leur monter jusqu'aux épaules. Pour reprendre contact avec ceux qui restaient en arrière, Marcel lança le cri qui avait été entendu de la grève.

— Tais-toi, dit le grêlé, sourdement, « ils croi-
raient qu'on a trouvé l'officier. »

— C'est la cave du diable, dit Félix d'une voix
changée.

Après l'étranglement de la voûte, les parois reprenaient de la hauteur. Les trois chandelles perçaient
mal cette obscurité menaçante. Au-delà de leur
halo rouge, c'était comme un entassement de roches
instables et de gouffres.

Un cri lointain arriva, comme une épave
emportée par le courant et défaite par lui. Les
hommes restés en arrière venaient de répondre, à la
limite même du son et de l'écho.

— Qu'on est loin, dit Marcel.

Le grêlé perdit pied dans un trou d'eau et, dans
un éclat de rire, se mit à la nage. Au bout de
quelques mètres, il toucha un gros bloc, s'y rétablit
et se retourna vers ses compagnons, la figure durcie,
ses petits yeux pincés :

— J'irais jusqu'au bout de la terre, s'il le faut...

Marcel le regardait, grelottant, agrippé à une
saillie de la paroi, tâtant du pied le fond de roche
qui se dérobait devant lui. Félix cherchait à
contourner le gouffre, tandis que Julien, élevant sa
chandelle au-dessus de sa tête, répétait d'une voix
rageuse :

— J'irais jusqu'au bout de la terre... Arrivez, ce
n'est qu'un trou d'eau...

Sur la grève de sable, les quinze hommes attendaient. Après avoir répondu au cri des jeunes gens,
ils écoutaient, penchés sur l'ombre, le cœur battant.

— On peut crier... A vingt mètres, l'abîme avale
tous les bruits.

TROISIÈME PARTIE

L'ÉTOILE DU GOUFFRE

Rentre chez lui, le docteur mangea en hâte, sur un bout de table, sans mot dire. Amélie s'était assise à son côté, sur la petite chaise à long dossier dont elle se servait, lorsqu'elle faisait des travaux de couture, dans le coin surélevé de la fenêtre qui donnait sur le jardin. Silencieuse, elle attendait que son père ait fini de manger, les mains aux genoux, le cou tendu, penché en avant.

Le docteur mangeait, sans lever les yeux sur elle. Il ne semblait pas deviner l'anxiété qui la tenait crispée, comme un corps entraîné dans le vide et qui ne lutte plus contre la vitesse de sa chute. Pris lui-même par ses pensées, il abandonnait sa fille à ce rêve, à cette solitude, à ce don d'elle-même. Complice de son amitié pour un homme rejeté du monde, il ne pouvait plus la détourner d'un amour sans espoir. Chacun d'eux suivait son destin, l'un dans ses actes, l'autre dans ses pensées et, seuls, de légers mouvements, des battements de cils, des crispations de doigts, trahissaient l'exaltation de la jeune fille. Quand il eut fini de manger, le docteur dit simplement :

— Là, tu pourras déjeuner à ton aise et prendre

des choses chaudes... A six heures, je casserai peut-
être une croûte à la Serreyrède. Je pourrai tenir
jusque-là. — Puis, baissant la voix, les yeux tour-
nés vers la porte : « Ne t'inquiète pas, surtout.
J'aurai le temps d'aller dans l'abîme, cette nuit...
Prépare des provisions pour lui. »

Il embrassa Amélie sur le front. Sous ses lèvres,
il le sentit brûlant, couvert de gouttes de sueur
aigrelettes.

— Mais tu as la fièvre... C'est fou de se mettre
dans ces états. Je t'assure, en y réfléchissant bien,
il n'y a rien à craindre. Jamais ils n'arriveront jusqu'à lui, surtout en prenant la grotte dans ce sens.
Les eaux ont beaucoup monté, ces jours derniers
et les sources intérieures doivent couler à plein.

Amélie regarda son père, prête à le croire, mais
elle vit bien, sous le sourire qu'il ébaucha, les
contradictions de son angoisse. Tout proche des
yeux du vieillard, le blanc visage de la jeune fille
sembla s'étirer et se boursoufler.

— Mais si, mais si... Je ferai l'impossible.

Après un nouveau baiser, rapide et comme hon-
teux, le docteur sortit et trouva son cheval tout
sellé devant l'écurie. Le jardinier le tenait par la
bride et s'appliquait à démêler les rênes racornies
par la pluie et les coups de soleil.

— Quelle vie vous menez, Monsieur le docteur...

Le ton de la phrase étonna le vieillard.

— Quelle vie? dit-il en engageant le pied dans
l'étrier.

Le domestique avait un air de malice et de
reproche. Se doutait-il de quelque chose ? Avait-il
surpris le secret de ses maîtres ?

— Quelle vie ? redemanda le docteur en se hissant sur une jambe, « quelle vie, s'il te plaît ? »

— Une vie qui vous tuera avant l'âge... Toujours sur les routes. Vous n'avez pas trop bonne mine, ces temps-ci.

— Il faut bien soigner les autres, répondit le vieillard en se mettant en selle. Le cheval partit de lui-même, au petit pas.

— Pensez tout de même un peu à vous, dit le domestique en trottinant à côté du cavalier.

— Aucune importance... Non, rien, sûrement rien, se dit le docteur.

Pendant quelques secondes, il resta dans une sorte de rêve, sans rien voir. Il répéta « non, non », à haute voix et reprit brusquement conscience du monde extérieur, dans un soubresaut de ses paupières. Le cheval prenait d'instinct la route du village. Déjà, il s'engageait dans le chemin creux, en allongeant le pas, malgré la côte. Le docteur le poussa vers les champs, lui fit franchir le fossé et coupa sur la droite pour éviter les maisons qui se haussaient déjà au-dessus d'une croupe de seigles nouvellement fauchés.

Par les chaumes, dans le sens des sillons où dormaient les alouettes, le docteur rejoignait le chemin de Faubel. La lisière du bois de Lagre s'étendait déjà de l'autre côté du torrent, au long des prés verts, piqués de taillis de noisetiers et d'aubépines. Le cheval connaissait la route et marchait bon train sans plus tirer vers le village.

— J'ai le temps, pensait le docteur. « Je serai à l'Espérou de bonne heure. La vieille doit être bien malade. Peut-être faudra-t-il lui faire une saignée... En tout cas, je peux être à la Serreyrède vers les cinq heures. Le temps de casser une croûte

et de détendre ma bête... Les garçons n'iront sûrement pas dans l'abîme avant sept heures du matin.
Même s'ils arrivent à la hauteur du lieutenant, ils
en auront encore pour une ou deux heures... Qu'a
voulu dire le jardinier ? Il avait un air étrange.
Soupçonnerait-il quelque chose ? S'il nous avait
vus partir, une nuit ? S'il nous avait suivis ? En
été, on peut pourtant faire une promenade, à la
nuit tombée... Et Amélie ? Quelle passion, quelle
crainte! N'aurais-je pas dû prévoir ? Une fille solitaire. Si privée d'amis... Mais moi-même ? »

Le Faubel passé, il fut vite à l'Espérou. Les
Dupont habitaient au bas du village, contre la
route de chars. Leur maison faisait face à de
grandes prairies, déjà jaunes, brûlées par le soleil.
Le docteur alla droit au lit de la vieille et, devant
elle, perdit tout souvenir.

— Eh bien, grand-mère, ce ne sera pas encore
pour cette fois. Mais non, mais non... La charpente
est solide... C'est la tête qui vous a manqué ? Elle
est tombée tout d'un bloc? Eh bien, ça va. Il faut
rester quelques jours au lit.

Tout en parlant, il regardait la malade, sondait
les yeux, tâtait le pouls. Pendant un moment, les
doigts fermés sur le poignet mince, tout en os
fragiles, comme des roseaux, il eut l'impression
de tenir un de ces becs-fins qui battent de l'aile
à travers les buissons pâles de noisettes.

« Vieil oiseau, se disait-il, ta course est finie...
Encore quelques coups d'ailes. »

Les deux yeux, du fond du lit, le regardaient,
effrayés de sentir la mort si proche, malgré la longueur des jours, des mois, des années déjà passées.

— Mais non, mais non... Aucun danger. Ne

vous effrayez pas, grand-mère... Le pays a besoin
de garder ses vieux. Vous savez bien que ce sont
les plus longs à partir... Quel âge a-t-elle ?

— Je suis venue après les guerres...

« Quelles guerres ? se dit le docteur. On vient
toujours après des guerres, après des malheurs,
après des désastres. Il y a toujours des hommes
pour naître après les catastrophes. »

— Quelles guerres ? répéta-t-il à haute voix.

La vieille resta immobile au fond du lit :

— ... Après les guerres..., répondit-elle...

— J'en ai septente-neuf, dit le fils, « elle en a
bien vingt de plus que moi ».

« Et la vie n'est pas encore lassée, se dit le
docteur. Non pas la vie, mais son désir... » Il
arrêta brusquement le cours de ses pensées, se
sentit comme debout devant lui-même, témoin
étonné. « Que je suis bizarre aujourd'hui », reprit-il,
puis il ajouta, à voix haute :

— Les jeunes ne sont pas plus solides... Ils ris-
quent plus que vous.

La famille entière était là, comme des ruisselets
autour de la source dont ils naissent. « Tant
d'hommes entassés... » se dit le docteur. « Tant de
générations... » Il sortit de la chambre, redescendit
vers la salle commune.

— ... Bien malade, oui, bien malade...

— Alors, vous reviendrez demain... si, si. Quand
on meurt sans avoir le temps d'appeler le médecin,
ce n'est pas une affaire. Mais puisque vous êtes
venu... On aurait des regrets, à présent.

Le docteur pensait à la nuit, à la journée du
lendemain. Une étrange fatigue le rendait libre
de son corps, de ses membres, il aurait voulu

pouvoir rester immobile, arrêter le flux de ses pensées. Il essaya de ne rien promettre, de donner de l'espoir, de fixer sa nouvelle visite au surlendemain, mais tous le pressaient, le suppliaient de revenir.

— C'est pour l'amitié... Avec le beau temps, ce ne sera qu'une promenade.

Il promit d'être là, le lendemain soir, avant le coucher du soleil.

Une demi-heure après, il attachait son cheval sous l'escalier de la Serreyrède. Son léger repas de midi ne soutenait plus ses forces. Il avait faim de soupe chaude, d'épaisses tranches de saucisson de montagne et soif de vin rouge, frais, léger. Dès qu'il eut mis pied à terre, il s'étonna de sentir que ses jambes n'avaient aucune peine à le porter, comme si son corps n'avait pas pesé sur elles. Cependant, en montant l'escalier, il eut l'impression de perdre l'équilibre et, par deux fois, du plat de la main, il dut s'appuyer à la muraille.

La porte poussée, il vit Maria, dans un triangle de lumière, assise au coin du feu, en train de coudre.

— C'est la première fois..., dit-elle en se levant.

— Il faut bien revenir un jour ou l'autre. Reprendre les habitudes... Alors, les parents ? Ça va, malgré tout ? J'ai vu Félix, ce matin, à Camprieu. Il déparlait un peu, sur la grotte. Il veut la traverser, au risque d'y laisser ses os... Ton père ferait bien de le calmer un peu. Il n'est pas revenu ? Non. Et le père ?

— Il est au bois... Cette histoire les rendra fous. Ils ne seront pas tranquilles tant qu'ils ne seront pas sûrs de la mort de cet officier.

— Ah, c'est un grand malheur... Qui aurait cru, le soir où je suis passé ici ? Tu y as compris quelque chose, toi, à cette histoire ? Cet officier n'avait rien eu avec eux, pendant la soirée ? Ils ne s'étaient pas disputés ? Alors ?

— Ce monsieur-là ne voulait du mal à personne. Il passait par ici, voilà tout. Les frères se sont montés la tête sur lui et le père a fait comme eux. J'ai mon idée là-dessus, ce n'était pas un mauvais homme, mais il avait peur de tout et la peur conseille mal... Il devait croire que tous les gens ne pensaient qu'à l'assassiner...

Maria eut un petit rire, du fond de la gorge, comme si on l'avait chatouillée, un rire de fille énervée, presque obscène. Le docteur releva la tête, la regarda avec attention, des yeux aux hanches, avec un long temps d'arrêt sur la gorge, la poitrine soulevée, puis, dans un coup d'épaules, il dit brusquement :

— Fais-moi casser la croûte... Tu as quelque chose de chaud ? Encore un peu de soupe ? Ça ira... Alors, c'est le hasard qui a fait tout ce malheur ?

Le docteur continuait à regarder la fille. Une pensée folle, rapide, s'emparait de lui. Ne pourrait-il pas trouver en elle une alliée, quelqu'un qui pourrait l'aider à détourner Félix de son projet ou, du moins, à briser son courage, à affaiblir sa résolution.

— Vous en avez assez comme ça, du malheur. Félix est fou. Si tu ne le fais pas retenir par ton père, il ira se tuer au fond de l'abîme... C'est plein de gouffres, de précipices, de cascades, d'éboulis... Et puis, qu'est-ce que ça peut bien lui faire, de

courir après cet inconnu ? Vivant ou mort, il ne
leur rendra pas Albin.

Maria le servait, le visage immobile, économe
de gestes :

— Cet homme avait peur de tout, je vous dis...
Je l'ai bien compris. Ce n'est pas qu'il m'ait parlé,
mais rien qu'à le voir... Il n'était pas fait pour
regarder les filles de montagne, ni pour chercher
noise aux gens.

Aux dernières bouchées de soupe, le docteur
sentit ses forces lui revenir. Il se renversa dans sa
chaise, étendit ses jambes. Le courant de pensée
qui l'avait assailli pendant tout le jour, hors de
sa volonté, s'arrêta du coup. Il posa lentement ses
poings sur la table, étonné de se sentir aussi
lucide, et réfléchit.

— Tu aurais voulu qu'on le retrouve ? Toi ?
Après, après la chose ? Tu aimerais maintenant
que ton frère le retrouve ?

Maria haussa les épaules, plissa sa lèvre supérieure qui remonta vers ses narines, en bec de
lièvre, et ferma son petit visage têtu.

— Si tu avais su où il était ? reprit le docteur.

— Je n'aurais pas voulu le savoir. Non. A le
savoir, je l'aurais dit. Mais je me serais bouché
les oreilles plutôt que de l'apprendre.

Déçu, le docteur regarda fixement ses mains.
Il retrouvait toute sa prudence, sa longue habitude des hommes et des femmes de la montagne.
Il jouait du silence, des mines indifférentes, des
changements brusques de la conversation.

— C'est parler pour ne rien dire... Mais tu
ferais bien de retenir Félix. Il n'a rien à gagner

dans l'abîme. Il ira se noyer dans un gouffre ou se rompre la tête au fond d'un précipice.

— Alors, vous croyez que l'officier y est encore ? Vous pensez qu'il peut être encore vivant ? Si Félix va dans la grotte, il le trouvera ? Vous savez quelque chose là-dessus ?

Maria pesait ses mots et chacune de ses phrases, dans sa bouche ronde, dans sa façon de prononcer, faisait masse, comme un bloc qui se serait appuyé contre le docteur, jusqu'à le faire rompre. Celui-ci baissait la tête, évitait le regard de la fille, aussi rusé qu'elle, en mangeant lentement, en triant ses morceaux.

— Je ne veux rien savoir, reprit Maria. « Je ne vous questionne pas, monsieur le docteur. Cet homme a tué mon frère sans l'avoir cherché. Je ne peux pas lui pardonner, mais je n'ai rien à faire non plus contre lui... Si je lui en voulais de quelque chose, ce serait d'être de ces Messieurs qui passent sans rien voir, en ayant l'air de mépriser le monde... Peut-être que des gens moins sauvages que nous... »

— Si tu appelais ton père ? Il est peut-être à portée de voix. Il va falloir que je m'en aille et j'aimerais lui parler.

Maria sortit. Sur la petite terrasse, elle s'arrêta, les jambes bien plantées au sol, un peu écartées, marquant sous sa jupe noire le renflement ovale de son ventre et le creux de ses cuisses. Elle prit haleine, mit ses mains en cornet et, tournée vers l'écho le plus proche, cria sur deux notes, en changeant de ton. L'écho répondit, puis, de l'écho même, une autre voix jaillit, longue, lointaine, lente.

— Il va venir... Tenez, voyez-le, avec la mère, qui descend la côte.

Au-dessus du col, deux formes noires dévalaient par le petit sentier, au long des éboulis de pierres. Parfois, elles se découpaient sur le ciel et, parfois, elles se confondaient avec les masses sombres des sapinières.

— Vous prendrez le café avec eux.

Quand les deux vieux entrèrent dans la salle, aux quatre coins de la table, un petit nuage doré se tordait au-dessus de quatre bols de café. La vieille eut un sanglot et l'homme dit :

— Il faut bien recommencer comme avant...

— C'est dur, mais que faire ?... Je viens de voir la Duponne, à l'Espérou, elle touche aux cent ans et s'accroche encore à la vie.

— Elle est dans les quatre-vingt-seize. Elle a été la première à naître au village, après sa reconstruction, au temps des guerres... Alors, vous la voyez perdue ?

— On ne peut pas savoir, mais le cœur bat d'une aile... Ça tarira comme une source en été... Ce n'est rien, ça. Le monde qui tourne... Mais les jeunes ! Nous autres, on est déjà presque à maturité, la branche est ployée.

Le vieux soupira, d'un « Han » brusque, comme sous un effort, en passant sa main droite grande ouverte devant sa figure.

— Ce n'est pas tout... J'ai vu Félix, ce matin. Il s'est monté la tête en parlant devant trop de monde. Ces garçons, il suffit que deux personnes les écoutent pour les faire déparler... Il veut descendre dans l'abîme pour trouver l'officier. C'est bon pour faire un nouveau malheur. Si j'avais un conseil à te donner...

— Ah, ça le tient depuis plus d'une semaine. Nous n'aurons de repos qu'après avoir vu le cadavre de cet assassin. Si Félix veut aller le chercher, qu'il y aille. Il saura bien sortir de ce trou... Nous passons nos soirées à remâcher cette affaire. Depuis un mois nous n'avons pas pu parler d'autre chose. Ne pas savoir à quoi nous en tenir nous rendrait imbéciles.

La vieille reprit, doucement, les yeux fixes, la tête droite :

— Imbéciles.

— Imbéciles, répondit le père, de la même voix, comme halluciné par sa propre hantise.

— Et si Félix va se tuer dans la grotte ? S'il n'y retrouve pas son chemin ?

— Il en sortira... Et puis, à mon avis, c'est trop tard pour peser le pour et le contre. Félix n'est pas encore rentré, et c'est déjà sept heures... Sûr qu'il a dû descendre dans l'abîme. Si c'était pour demain matin, il serait déjà là... N'ayez crainte, il a des jambes et une tête solides.

Comme une pierre roulant au fond de l'abîme dont ils parlaient, le cœur du médecin venait de faire un grand bruit dans sa poitrine. Ce coup sourd résonnait, emplissait ses oreilles, l'entraînait dans un vertige. En quelques mots, le vieux paysan venait de le jeter face à l'évidence. Aucun doute n'était possible, Félix avait entraîné les deux autres garçons dans l'aventure. Ils étaient maintenant dans l'abîme, ils arrivaient peut-être auprès de l'officier.

— N'ayez pas peur, disait le vieux montagnard, au-delà d'un bourdonnement, d'un grondement de

cascade, « n'ayez pas peur pour lui. Ne vous
mettez pas dans cet état... Ça fait des nuits que je
pense à cette histoire. J'ai d'abord voulu le retenir.
Mais, à présent, je préfère qu'il traverse cet abîme...
Nous aurons tout fait pour venger Albin. »

— C'est fou ! Ah, si j'avais su... Mais il faut
que je parte. Je vais voir s'il ne leur est rien
arrivé... J'aurais bien pu rester au village...

Maria regardait le docteur comme pour chercher à surprendre un signe secret, un geste imper-
ceptible. Elle fixait son visage avec obstination et
suivait le jeu de ses mains.

— C'est pour Félix que vous avez si peur ? dit-
elle enfin. « Il ne risque rien que de rencontrer
l'autre... »

Le docteur maîtrisa sa nervosité. Il prit son
temps, se leva, attrapa son chapeau et fit quelques
pas dans la salle.

— J'espère bien que rien de fâcheux ne leur est
arrivé. Mais il me tarde quand même de savoir
s'ils sont revenus sans encombre.

— Et puis, dit Maria, « votre demoiselle est
toute seule ».

Le docteur prit congé, sauta à cheval et partit
au pas. Mais, dès qu'il eut descendu la côte, en
arrivant sur les pâturages, il prit le galop et fonça
droit devant lui, à travers les hautes herbes d'où
jaillissaient des sauterelles, dans le réseau des
gouttes de la rosée du soir.

— Galop, disait le docteur, « galop, galop... »

Le cheval faiblissait pourtant et bronchait sur les antérieurs, à chaque pierre qui roulait sous ses fers, à chaque ornière du mauvais chemin. Il soufflait de l'écume et s'encapuchonnait.

Les premières maisons du village se levèrent, à droite et à gauche, comme de gros perdreaux, entre les mottes des labours. Chacune d'elles faisait un bruit de vent et se perdait en arrière comme si elle était retombée au ras du sol. Il faisait presque nuit et la buée du soir arrêtait les regards à vingt mètres. Le docteur aperçut pourtant, au fond de la place, une foule d'hommes entassée devant la porte d'une maison. Il poussa sa bête vers elle, penché du haut de sa selle sur les visages qui se levaient vers lui.

— Alors ?

Les gens qui le reconnaissaient mal étaient taciturnes. Ils ouvraient un chemin au cheval fumant, se refermaient derrière lui, entouraient le cavalier et, des épaules, pesaient sur ses genoux comme pour l'arracher de sa selle.

— Alors ? Qu'avez-vous fait aujourd'hui ?

— Ils sont allés dans la grotte... Félix, Julien et Marcel sont descendus jusqu'au fond de l'abîme... Ils sont là, à moitié morts.

Le docteur mit pied à terre, jeta sa bride dans la main d'un homme et poussa la porte. Au fond d'une grande cuisine, devant le feu, au milieu d'un grouillement d'hommes et de femmes, les trois garçons se chauffaient, le dos rond, le cou fléchi, les mains traînantes. Ils étaient couverts de boue, de cette boue jaune de l'abîme que le docteur connaissait bien, qui collait à la peau par grandes plaques, et le visage de Marcel portait une longue balafre, comme s'il avait reçu un coup de pierre.

— Vous y êtes allés ? Eh bien ? Rien de fâcheux ? Mais parlez donc.

— C'est la cave du Diable, dit Félix. « On est là-bas depuis une heure de l'après-midi... On a fouillé l'abîme pendant six heures et je ne sais pas comment nous en sommes sortis. »

Julien claquait des dents et, chaque fois que le silence se refaisait, on entendait leur battement sec, irrégulier, à reprises brusques.

— Vous avez trouvé ? dit le docteur.

— Qui ? Le mort ? Non... Mais ça ne fait rien, pour être mort, il l'est. Nous avons failli y rester avec lui.

— Vous ne l'avez pas vu ? Pas de traces ? Mais jusqu'où êtes-vous allés ? Par où êtes-vous sortis ?

Félix but une gorgée de vin chaud, se rapprocha du feu, serra le manteau qu'on avait jeté sur ses épaules.

— On ne peut pas expliquer... Nous avons suivi le torrent, dans un grand couloir, en nous blessant aux roches... Puis Julien en a eu assez d'être dans l'eau, il a voulu grimper au long des parois. Nous pouvions avancer en pressant avec les jambes et les bras, d'un côté à l'autre. Alors, Marcel est tombé, de cinq ou six mètres de haut, dans un gouffre. Sa chandelle s'est éteinte. Il s'était blessé en tombant, j'ai voulu descendre pour lui prêter la main, ma chandelle s'est éteinte aussi... Le diable a soufflé celle de Julien. Nous avons été dans le noir... C'est plein de démons, cet abîme.

Le docteur prit entre ses doigts la joue de Marcel, il toucha les bords de la meurtrissure bleue qui allait de la tempe au menton, boursouflant la paupière gauche.

— Ce n'est rien... Mais d'un peu plus... Il a saigné ? L'artère n'a pas été touchée.

— Ça s'est arrêté assez vite. Mais, dans le noir, il criait à la mort en sentant le sang qui lui passait sur la bouche. Nous avons mis du temps à refaire de la lumière.

— Vous êtes retournés tout de suite ?

— Non, Julien a voulu qu'on marche encore. On avait perdu la moitié des chandelles et mon briquet ne valait plus rien. On a continué quand même. On a passé par une grande salle, avec des espèces de billes rondes sur le sol. Il nous fallait nager la moitié du temps et nous entendions des bruits, des grondements.

Le grêlé releva la tête. Ses cheveux étaient pleins de cette poussière jaunâtre qui collait aux parois de la rivière souterraine, ses ongles étaient arrachés et ses mains coupées par les roches.

— C'est plein d'esprits des morts dans l'abîme. Les forêts, les montagnes sont faites pour les hommes, mais ces trous dans la terre...

— Mais jusqu'où êtes-vous allés ? Jusqu'à quelle salle ?

— Vous les connaissez donc ? dit Félix, en faisant claquer ses doigts. « Comment voulez-vous qu'on vous explique ? Nous ne sommes allés nulle part. C'est partout pareil. »

— Si, on s'est arrêté devant une cascade. On a failli se faire noyer dans la rivière. L'eau faisait bien un saut de huit ou dix mètres.

— De plus... On n'a pas vu le fond et c'était un vacarme du diable.

— Vous êtes allés jusqu'à la cascade ? Et vous n'aviez rien vu ? Pas de traces ?

— Des traces de qui ? De l'officier ? Il doit gonfler au fond de quelque gouffre. Oui, on s'est arrêtés devant une cascade. Ça prouve que la rivière descend jusqu'au fond de la terre. Et nous sommes revenus, roulés par l'eau, presque sans lumière.

— Bois, dit une femme à Marcel, en lui poussant le bras, « bois bien chaud, tu as rapporté les trois sœurs... »

— Un homme seul ne peut pas s'en tirer, dit Félix. « Le père peut être tranquille... »

— Vous avez risqué votre peau pour rien, dit le docteur. « Tâchez de transpirer. Buvez bien chaud et ne pensez plus à cette histoire. »

— On a bien fait, dit Félix. « Maintenant, on sait à quoi s'en tenir. L'officier est mort et la rivière descend chez le diable. Que jamais personne ne retourne dans ce trou, il vaudrait mieux qu'il aille tout droit au cimetière. »

Le docteur regarda à nouveau la plaie de Marcel, le rassura et resta planté, sans rien dire, entre les

trois garçons qui, du bout de l'ongle, écaillaient la
boue séchée sur leurs bras. Le premier, le grêlé
rompit le silence :

— Ça tient comme de la colle à poissons... Les
poils viennent avec...

— Eh bien, bonsoir... J'ai eu rudement peur
pour vous. Toi, Félix, tu ferais bien de remonter
tout de suite à la Serreyrède ou d'envoyer quelqu'un rassurer tes parents.

Il sortit, reprit son cheval et fendit à nouveau la
foule, écrasée de stupeur, tassée par la grande
panique que les trois garçons avaient rapportée des
entrailles de la terre.

Arrivé chez lui, il rassura Amélie, en quelques
mots, pendant qu'il l'embrassait.

— Ils ne l'ont pas trouvé. Ils ont failli se tuer
dans l'abîme. Les eaux sont déjà hautes en amont,
les sources intérieures doivent couler à plein : ils
ont manqué se noyer.

Quand il détacha ses lèvres du front de la
jeune fille, elle semblait ivre. Il la prit par le bras,
et rentra avec elle dans la maison.

— Père, je viens avec vous ce soir... Si, une fois
encore. J'ai eu si peur. La journée a été si longue.
Je ne peux parler à personne de mes craintes.

A dix heures du soir, le père et la fille, chargés de
provisions, descendirent vers la grotte. La nuit
était sombre et déjà froide, pleine d'étoiles et bala-
frée d'un immense chemin de Saint-Jacques.

Au fond de la gorge, dans l'alcôve étroite où
l'ombre prenait la densité de la pierre, le torrent
poussait un hurlement de bête vivante, une cla-
meur sauvage, longue et grave comme celle du
taureau.

En s'engageant sur la première corniche, Amélie
eut un geste d'effroi et murmura, en crispant ses
mains aux épaules de son père :

— Le Bramabiau...

Un souffle glacé les enveloppa, emportant les
paroles de la jeune fille et, silencieux, ils pour-
suivirent leur route.

— Ils ont dû passer par là, dit brusquement le
docteur quand, après avoir descendu la paroi à
pic, ils franchirent la rivière. « Regarde sur le
rocher, voilà les traces de mes pas. Ils auraient pu
les voir, mais la peur les poussait. La première
cascade est un peu plus bas. Tu vois, les eaux
ont monté... Ici, on peut encore passer, mais dans
les couloirs... »

Le lieutenant n'attendait que la visite du docteur.
Quand le feu du falot tomba sur lui, il sortit de la
pénombre, hagard, les yeux ternes, le teint plombé.
Mais quand il aperçut Amélie, il se souleva sur les
coudes :

— Ah ! Mademoiselle... Je ne peux plus attendre. Quelle joie de vous voir encore. Mais cette
obscurité rend fou. Tout aujourd'hui, j'ai eu des
songes atroces... sans le souvenir de votre visite...
Quand je suis seul, j'entends des bruits, des appels,
des pas... Il y a des gens qui passent, qui rôdent,
qui s'approchent... Il y a des gouttes d'eau qui font
le bruit d'un torrent... Des bouts de pierre qui
roulent comme des avalanches... Des échos, des
cris... des réponses...

— Remerciez Dieu, dit Amélie, « vous êtes sauvé
et nous sommes libérés d'une horrible crainte. Les
gens du pays vous ont cherché tout aujourd'hui, à
travers la grotte. Ils ne vous ont pas trouvé, et

ne sont pas prêts à reprendre les recherches. »

— Ils sont passés tout près de vous... Mais, à moitié fous de terreur, ils n'ont pas vu nos traces. Ce n'est pas le moment de vous laisser abattre.

Le docteur s'accroupit, regarda la jambe blessée.

— On peut vous transporter jusqu'à la salle d'où l'on voit le reflet du jour dans les gouffres. Vous serez encore dans la nuit, mais avec une lucarne ouverte sur le ciel. Cela vous donnera la patience d'attendre la guérison.

Pour arriver à cette salle, il y avait une centaine de mètres à faire dans d'étroites galeries tapissées de sable fin. Le docteur et sa fille transportèrent le blessé, avec mille précautions, en le faisant sautiller sur sa jambe intacte, en le soutenant sous les bras. Il leur fallut plus d'une heure et demie d'efforts coupés de longs temps de halte.

A plusieurs reprises, couchés sur le sable, haletants, ils furent prêts à renoncer à leur entreprise. Mais le blessé retrouvait ses forces et c'est lui qui redonnait le signal de la marche en avant, les lèvres pincées de souffrance, le corps tendu.

Enfin, ils débouchèrent dans une étroite salle que dallait une grande roche. Le docteur y avait déjà installé des couvertures et le blessé se laissa tomber sur elles en gémissant. Il était si exténué que rien ne semblait plus pouvoir fixer son attention. Entre les poils de sa barbe déjà drue, des gouttes de sueur brillaient sous le feu des chandelles. Il soufflait doucement avec une hâte sénile, sans vider ni emplir complètement sa poitrine. Le docteur et sa fille, agenouillés auprès de lui, attendaient en silence. Enfin, le docteur souleva le blessé sur sa

couche, lui fit tourner un peu la tête vers la droite
et, la main tendue, lui dit :

— Regardez...

Dans l'obscurité sans limites, il y avait comme
une borne, un seuil au-delà duquel l'ombre chan-
geait de qualité et de ton. C'était comme une plaque bleu-noir, grande comme une main ouverte.

— Regardez... C'est encore la nuit. Le ciel se
reflète pourtant dans le gouffre.

Le blessé échappa à la main qui le soutenait,
se haussa sur les coudes, en basculant le buste,
tendit la tête :

— Une étoile ?

— La dernière de la nuit, sans doute... Et le
long reflet blanc est celui du chemin de Saint-
Jacques.

— Les étoiles... dit le blessé. « Et si proches...
A prendre à la main. »

— A plus de cent mètres de vous... Faites bien
attention, vous êtes au bord du précipice. La paroi
tombe à pic sur le gouffre. On ne peut pas passer
par là. Quand vous sortirez d'ici, nous reviendrons
sur nos pas, c'est le seul chemin possible.

— Les étoiles sont là pourtant... Mademoiselle,
depuis le soir où vous êtes venue, je n'ai pas eu
d'aussi grande joie. Ces étoiles... Je les connais. Je
les ai vues, à cheval, sur toutes les routes, loin
d'ici...

Tous trois, ils regardaient l'étoile. Elle montait
vers eux d'une plaque de ciel ouverte dans la
terre, comme aurait fait l'eau d'une source ou la
tige d'une fleur.

— Alors, demain, tout à l'heure, quand le jour se
lèvera, je le verrai grandir dans ce miroir ? Des

feuillages s'y découperont ? Le monde entier tom-
bera dans cette flaque d'eau? Maintenant, je crois
que je pourrai attendre la guérison. J'aurai quelque chose qui me reliera au reste des hommes. Je
pourrai imaginer ce que vous faites, Mademoiselle,
où en sont vos travaux... Je saurai si le ciel est
couvert, s'il charrie des nuages, s'il pleut.

— Calmez-vous, mon ami. Tout cela n'est point
si miraculeux. Tout cela vous attend, quand vous
pourrez sortir d'ici.

A nouveau, ils regardaient l'étoile en silence.
D'étranges illusions naissaient de la tension même
de leur retour et l'étoile montait vers eux, comme
une bulle entre deux eaux, et semblait affleurer à
portée de leur main. Toute impression de distance
disparaissait dans cette obscurité silencieuse et le
double reflet, du ciel à l'eau, de l'eau à leur regard,
n'était plus qu'une présence proche et réelle.

— Il semble que le ciel commence à pâlir. Est-ce
l'aube ?

En vain le docteur et Amélie essayèrent-ils de
parler d'autre chose, de faire oublier l'étoile, le ciel
et l'aube prochaine à leur ami. Il regardait sans
arrêt vers la clarté et s'exaltait de plus en plus en
imaginant les grands mouvements de la vie qui se
préparaient déjà dans l'espace.

— Il va pourtant falloir que nous partions, dit
le docteur. « J'ai promis de retourner à l'Espérou,
pour voir une malade, dans le courant de la
journée... Je reviendrai vous voir de bonne heure.
Aujourd'hui, les gens ne songeront pas à m'espion-
ner. Ils ne regarderont pas de sitôt vers cet abîme. »

— Père, dit Amélie, « pourquoi laisser notre
ami seul ? Je pourrais rester avec lui en atten-

dant votre retour... Noémi doit passer la journée
au village. Elle partira en me croyant encore cou-
chée... Je rentrerai ce soir avec vous... »

— C'est fou... et s'il m'arrivait quelque chose ?
Jamais tu ne pourrais ressortir de l'abîme... Retrou-
verais-tu ton chemin ? Et même, si tu le retrouvais,
serais-tu capable de franchir la rivière ? d'escalader
la paroi ? de redescendre de l'autre côté ?

— Mais que peut-il vous arriver ? C'est un bien
petit risque, notre ami le court chaque jour... Non
père, ce ne peut être une raison. Il ne faut pas le
laisser seul.

L'officier ne semblait pas entendre ce dialogue
du père et de la fille. Haussé sur les coudes, le
cou tordu, il regardait vers l'étoile, comme dans un
accès de fièvre.

— Je peux rester avec vous, en attendant, lui
dit Amélie, en touchant doucement son épaule.
« Voulez-vous que je reste avec vous jusqu'au
retour de mon père ? »

— Retrouver le jour et n'être pas seul... Etre
avec vous... répondit-il.

Sa voix semblait plus lointaine que l'étoile. C'est
elle qui paraissait remonter du fond de l'abîme,
comme un dernier appel.

— Voyez, dit Amélie à son père, « il n'est pas
bien. J'aurais trop peur pour lui, s'il devait rester
seul... Allez voir la Duponne dès ce matin, vous serez
de retour ici au début de l'après-midi... Qu'allez-
vous craindre ? Rien ne peut vous arriver... »

L'aube touchait déjà les bords du gouffre. Une
clarté montait et l'étoile se fondait en elle. Le
docteur hésitait, regardait le blessé, se tournait
vers sa fille. Mais toute force de résistance était

brisée en lui. Les fatigues accumulées pendant les vingt derniers jours, les nuits sans sommeil, la chevauchée de l'après-midi, le poussaient à tout accepter. Il restait sans mouvement, déjà vaincu, résigné à se soumettre au désir d'Amélie.

— Il faut partir... Renonce à cette idée... S'il m'arrivait quelque chose... Le jour est là...

— Partez sans moi, mon père... Tout cela est si simple...

Le docteur se leva, serra la main de l'officier, embrassa Amélie, l'esprit vide, bourdonnant de sommeil. Il hésita encore, regarda vers le jour qui grandissait et, se décidant, redescendit vers le couloir. Il s'arrêta encore une fois, sembla vouloir revenir en arrière.

Du fond de la salle, il voyait sa fille, assise auprès du blessé, penchée comme lui vers le gouffre d'où montait la lueur de l'aurore. Elle ne faisait plus attention à lui, elle avait oublié sa présence. Pour elle, il était déjà parti. Il l'entendait qui parlait doucement, comme on parle à un enfant. Il sentit que jamais il ne pourrait lui faire renoncer à son désir. Alors, repartant en avant, il cria vers elle :

— A tout à l'heure... Je serai de retour dans le milieu de l'après-midi...

A plusieurs reprises, tandis qu'il se hâtait vers la sortie, à travers le dédale des galeries et des amoncellements de blocs, le docteur eut un mouvement d'arrêt, comme une révolte physique qui le paralysait d'un seul coup.

— C'est insensé, disait-il à voix haute, étonné par la résonance de ses propres paroles. « c'est insensé, s'il m'arrivait quelque chose, jamais elle ne s'en tirerait. »

Mais la décision prise, la fermeté d'Amélie, l'état de stupeur dans lequel se trouvait son ami, lui revenaient brusquement à l'esprit. Il se sentait battu d'avance et, son hésitation surmontée, il reprenait sa marche en forçant encore l'allure, sans penser à rien, dans une demi-inconscience.

Quand il eut gravi la haute paroi, il s'arrêta sur la corniche, à genoux, les mains au sol. Ce n'était plus une incertitude de son esprit qui le contraignait à cette halte, mais une brusque défaillance physique. Au fond de sa poitrine, de grands coups sourds résonnaient, semblables aux heurts de l'eau dans les profondeurs de l'abîme. Une angoisse nouvelle, jamais ressentie, le tenait ainsi accroupi sur le sol, non pas haletant, mais sans souffle et sans voix. Au bout de quelques secondes, sa respiration reprit, courte d'abord, encore limitée comme par un corps dur, une masse résistante, puis plus large, enfin libre et profonde.

— J'ai tort d'aller si vite... Ce n'est pas un exercice pour un homme de mon âge... Un simple point de côté... C'est bizarre, pourtant, cette sensation d'étouffement... Cette barre en arrière des côtes...

Plus lentement, en s'aidant des bras, en s'appuyant aux parois, il continua sa marche et déboucha dans l'axe de la grande sortie.

Devant lui, le jour s'ouvrait en immense éventail, tandis qu'en arrière, étroite, fermée, la grande fissure plongeait dans l'ombre, tumultueuse, éclaboussée par l'écume du torrent. Là-haut, à plus de quatre-vingts mètres de hauteur, à pic sur les gouffres, il devinait l'emplacement de la petite salle où se trouvaient sa fille et l'officier. Ni la voix ni le regard ne pouvaient lui permettre de communiquer avec eux. Un espace vertigineux les séparait de lui, infranchissable. Seule, la clarté ovale du dernier bassin devait être visible pour les deux reclus et, à travers elle, ils ne pouvaient apercevoir que le lacis des hautes branches et que la dérive lente d'un nuage à travers le ciel.

Le ruisseau franchi, le docteur se trouva définitivement sorti des ténèbres de l'abîme et repris par le monde réel. Toutes ses craintes cédèrent du coup. Son malaise s'était entièrement dissipé. Il se sentait allègre et reposé, dans le vent frais du matin et c'est d'un pied sûr qu'il escalada les raccourcis qui menaient à sa maison.

Apres un court repos, le docteur était reparti pour l'Espérou. Somnolent, au long du bois de Lagre, contre la vieille forêt ruinée par les hivers, mangée par les lichens, pourrissante, il allait au pas de sa bête dont la montée avait coupé l'allure. Le cheval connaissait la route et n'avait pas besoin d'être guidé, aussi, les pieds engagés à fond dans les étriers, affalé dans sa selle, le docteur se laissait gagner de plus en plus par le sommeil quand un léger bruit régulier, une cadence sonore, lui fit redresser la tête.

Un homme, chargé d'un gros ballot, fait d'une toile pliée en quatre et tenue à l'épaule par son nœud, marchait à côté de lui, d'un pas rapide, en tenant tête au cheval.

— Salut, Monsieur, le cheval vous porte et je porte mon faix. Je suis donc quelque chose comme un âne et votre serviteur aussi.

— Où allez-vous de ce pas ? A Valleraugue ou au Vigan ? Vous n'êtes pas d'ici, à ce que semblent dire votre accent et votre mise.

— Je viens de Roanne et même d'Alsace... Je redescends en Languedoc. Les gens des montagnes

tirent dur sur les cordons de leur bourse, et j'espère
plus de ceux de la plaine... L'espoir fait marcher et
voir du pays... Mais les temps sont mauvais pour
la pacotille.

L'homme semblait insouciant, plein de santé et
de belle humeur malgré sa lourde charge. Il avait
un gros visage sanguin, à peau blanche mais fortement veinée. Son cou large sortait comme un tronc
de sa chemise entrouverte et deux rigoles de sueur
coulaient, derrière ses oreilles, sous les bouclettes de
ses cheveux.

— Vous avez l'accent des gens de Bourgogne, dit
le docteur, en imitant lui-même cet accent, en roulant les *r* : « Je me trompe ou je tape juste ? »

— Juste... On est de vers Chagny. De bons pays
de gros bourgs. Mais qui voyage doit voir tous les
pays. J'ai fait l'Alsace pendant un bon bout de
temps, mais la guerre s'y est mise et j'aime assez
peu tomber entre les mains des patrouilles cosaques. J'ai fait les montagnes d'Auverge et du Velay.
Mais c'est pauvre comme la pierre.

— Vous avez trouvé partout le désordre ? Les
temps sont durs pour tout le monde.

— Le pauvre n'attire l'attention de personne. Il
est blanc pour les blancs, trois couleurs pour les
tricolores. J'ai vu des gens s'entre-tuer, mais ils
n'ont jamais pensé à me faire un mauvais parti.
Et pourtant on en a cherché des proscrits et des
fugitifs pendant ce dernier mois. C'était comme
une chasse à l'homme. Mais le petit gibier passe
entre les rabatteurs.

— Et que vendez-vous par ces temps de misère ?
Des almanachs sur la lune et sur le temps ? Peut-
être bien des médecines ?

— Je renouvelle le baluchon au hasard des voyages. Je rapporte là des couteaux de Thiers et de Laguiole. Le paysan aime bien ça... Auriez-vous besoin d'une bonne lame, de trempe robuste ?

— Non, non, merci, l'ami, pas pour le moment... Vous avez dû en voir des choses, ces derniers temps ? en rôdant de ville en ville.

— Les paysans étaient dans toutes leurs colères... Ça doit les prendre comme ça tous les deux ou trois cents ans. Trop d'impôts, trop de conscrits. Des guerres à n'en plus finir. Ils en avaient assez des militaires et des armées. Alors : « A bas l'empereur, à bas les tricolores. La cocarde blanche, c'est la paix. » Vers Le Puy, ils auraient mangé de l'officier en vinaigrette et je me suis laissé dire que les pays d'en bas, vers Nîmes et vers Marseille, sont encore pires. Le paysan, c'est un bon cheval à mettre à tous les attelages, mais quand la rogne le prend, il mangerait sa bride comme paille d'avoine... Voilà la sagesse du gouvernement : user de la bête sans lui faire prendre le mors aux dents.

— Vous avez plus de raison qu'un ministre. La sagesse des gouvernements ne court pas les montagnes.

— Elle y est aussi rare qu'un acheteur de couteaux ou d'almanachs...

Le colporteur avait attrapé de la main droite une des courroies du pommeau de la selle. Il se faisait tirer ainsi par le cheval et continuait à lui tenir pied sans grande fatigue. La côte allait finir du reste et les pelouses du col de Faubel commençaient à laisser voir, de l'autre côté de la montagne, les crêtes pelées de la Luzette.

— J'ai grande envie de tirer à ma droite... C'est la route du Vigan, n'est-ce pas ? Nous allons être au 9 septembre et c'est grande foire dans ce pays. Un marchand de couteaux doit pouvoir y gagner le pain et le vin. Valleraugue est encore un peu trop dans les montagnes à mon gré.

— Eh bien, bonne chance. Je file sur l'Espérou, et ma bête va pouvoir prendre le trot. Continuez à faire votre commerce, brave homme, en paix avec tout le monde... Dites-moi, sans défaire votre baluchon, vous auriez un couteau sous la main, à me montrer ?

— J'en ai bien trois ou quatre dans mes poches, mis à part... Des lames de rois que j'ai vu tremper et affûter à Laguiole... Voilà, Monsieur, une belle pièce. C'est huit sous pour toute la vie.

— Donne... Un bon couteau peut toujours servir.

Le docteur regarda la lame bleue, gravée de lettres maladroites, fortement emmanchée. Il compta huit sous au colporteur, ferma le couteau et le glissa dans sa poche.

— Sans la langue, dit le colporteur en s'essuyant la bouche du dos de la main, « sans la langue et sans la salive, jamais vous ne m'auriez acheté cette lame... C'est bon d'avoir le souffle solide et de pouvoir parler en montant les côtes. Mais la pièce est de choix et, dans vingt ans, vous taillerez avec en vous demandant où diable est passé le rougeaud qui vous l'a vendue.

— Dans vingt ans... ça ne fait rien, vous faites plaisir à voir et à entendre. J'aurais voulu boire un verre de vin avec vous, mais ces solitudes manquent d'auberges, il n'y en a qu'une, sur l'autre route. Ce soir, au Vigan, buvez un coup à ma santé. Vous avez de bonnes tavernes entre l'église et la maison commune, on n'y a pas encore pris l'habitude de voler les étrangers... Salut, l'ami.

— Salut, maître, et santé...

Le docteur enleva son cheval au petit trot et fila, sur sa gauche, à travers les maigres hêtraies, en zigzaguant entre les gros blocs de granit fichés dans les gazons ras. Le colporteur, d'un coup d'épaule, jeta son ballot sur le sol, s'essuya le front avec un grand mouchoir rouge, et vint s'asseoir sous un hêtre à neuf racines jaillies de terre et saillant autour du tronc comme les accoudoirs d'une stalle d'église.

— Un bon bougre, se disait le docteur, en ballottant de la tête à la cadence du trot, sans pouvoir enchaîner d'autre idée. La chaleur faisait bruire les petites poussières du granit comme des sauterelles dans un pré. L'air était sec et semblait craquer dans la bouche, comme une poussière impalpable.

Le docteur fut à l'Espérou avant d'être sorti de cette bonne humeur somnolente née au hasard d'une rencontre, et sauta de cheval, devant la porte des Dupont, en souriant encore à ce voyageur inconnu dont il croyait voir, devant lui, la face rouge, en belle chair, un peu pareille à celle d'un boucher qui courrait les foires de canton par tous les temps, et ne se laisserait pas trop gagner par la graisse.

Mais la mine des gens sortis à sa rencontre brisa net son allégresse. Il savait ce que voulaient dire ces visages figés, ces traits en suspens, ces yeux sans regard, ces gestes maladroits.

— La vieille a dû passer... dit-il entre ses dents.

— Vous n'y ferez plus grand-chose, monsieur le
Docteur, mais on est bien content de votre visite...
Ça laisse un désarroi, ces vieux, quand ils s'en
vont.

— On n'aurait pas cru que ce soit si vite fait...
Elle a semblé morte trois fois, mais elle revenait à
chaque coup. A présent, ça doit être bien fini.
Elle commence à se faire froide.

— Mais oui, mon bon ami, c'est beau de partir
comme ça, sans qu'on sache bien où finit la vie et
où commence la mort... Trois gouttes d'huile au
fond d'un quinquet.

La vieille était bien morte, sur le lit tout en
hauteur, et déjà glacée. Elle avait un air narquois,
comme quelqu'un qui sait qu'il fait une niche à
ceux qui l'entourent. Qui trompait-elle alors ? La
vie ou la mort ? Les siens ou ceux qui l'attendaient de l'autre côté de la barrière ? La contraction ironique et presque satisfaite de son visage
était-elle pour ceux qui l'entouraient encore ou
pour ceux qui, depuis des années et des années,
étaient partis avant elle ?

Rarement, le docteur avait contemplé aussi longtemps le visage de ses morts, de tous les morts du
canton auxquels il donnait permission de s'en aller
en paix, sans plus torturer ceux qui restaient derrière eux.

— Elle est bien morte, au moins ? murmurait
avec crainte à côté de lui le vieux Dupont, le fils,
l'homme de soixante-dix-neuf ans qui avait peine
à croire qu'une aussi longue vie, plus longue que
la sienne, ait pu déjà toucher à son terme. « Il y en
a qui en ont l'air... mais on ne sait jamais. Ces
morts trompent, parfois. »

— Mais oui, elle est déjà froide et toute raide.
Elle n'a même sans doute pas bien compris combien le passage lui a été facile. C'est une bénédic-
tion.

Tout en parlant, le docteur voyait, entre lui et la
morte, le visage du rougeaud rencontré sur la
route.

— Aussi facile de vivre que de mourir... se
disait-il... Toute la famille l'entourait, le remer-
ciait encore d'être venu. Il redescendit lentement
dans la salle commune, refusa de manger, s'entre-
tint à mi-voix avec ceux qui venaient faire leur
visite. Rien ne lui semblait naturel, si ce n'est
cette mort, cet effacement de l'aïeule. A côté de
lui, le père Pagès parlait du cimetière, de la place
qui restait encore, des dispositions à prendre pour
creuser la fosse.

— On ne peut enterrer qu'entre les quatre
grosses pierres, sous le petit rideau de sapin... C'est
la loi depuis le commencement des temps.

Tous ces soucis matériels lui semblaient étranges
et vains.

— Ça lui fait de la peine, à monsieur le Docteur, dit Pagès en s'en allant. « Il n'est pourtant pas
si avancé dans l'âge et l'habitude ne lui manque
pas. »

A plusieurs reprises, le docteur s'étonna de ne
pas se faire plus de soucis pour sa fille, emmurée
dans l'abîme avec le lieutenant, obligée de le calmer, de le rassurer comme un enfant. « Il faut me
hâter... » se disait-il, sans pouvoir arriver à se lever
et à prendre congé.

Ce ne fut que vers midi, quand les Dupont lui
demandèrent de dîner avec eux, qu'il trouva la

force de partir. En quelques minutes, presque brutalement, il eut quitté ses hôtes et se trouva sur la
route de la Serreyrède.

— Je n'arriverai pas à rentrer d'une traite, il
faut m'arrêter au col pour y casser une croûte.

Pour la première fois, les précipices qu'il longeait
lui donnaient le vertige. Il lui semblait que les
éboulis, au-dessous des pas de sa bête, se mettaient
à glisser au long des pentes, en entraînant avec eux
les rares troncs de hêtre accrochés aux bosses de
terre végétale. Il tournait la tête du côté de la
montagne, fermait les yeux et revoyait brusquement la vieille ratatinée et le colporteur à visage
rouge.

— Maintenant, je ne dois plus penser qu'à ma
fille... Au diable toutes ces histoires, cette vieille et
ce vagabond. Je finirais par y perdre la tête.

Au col, il trouva tout le monde à table et son
couvert fut vite mis, à côté de celui du vieux
Pailhan, contre le feu qui flambait en ouragan
malgré la saison, au milieu d'une forêt de branches
vertes dont la sève fumante faisait éclater l'écorce.

— Me voilà déjà mieux... J'aurais roulé au bas
de ma bête, si j'avais voulu continuer ma route sans
manger... Vous faites bien d'allumer du feu. Dans
nos pays, on gèle même en été. Me voilà remis
d'aplomb.

Il mangeait en hâte, gloutonnement, presque sans
mâcher. Le vieux lui servait de grands coups de
vin et il vidait son verre à larges traits, étourdi
par la fraîcheur de cet alcool léger. Le feu lui cuisait
le dos à travers l'étoffe de sa redingote et sa nuque
devenait rouge et semblait se gonfler en se cou-
vrant de gouttelettes.

— Alors, Félix, tu es remis de ton aventure ?
J'ai été bien content de te voir sorti de là. Tu peux
demander à ton père si j'ai eu peur. C'est que je
connais l'abîme... Je veux dire que j'en connais les
dangers. Qui veut y aller trop loin y laisse ses os.

— Maintenant, on est tranquilles. On est sûrs
que cet assassin n'en sortira pas. Pour lui régler son
compte, je serais allé jusqu'à la porte du diable,
mais il a passé la porte et le diable le tient
bien.

— N'en parlons plus, dit le vieux, « Albin est
mort, l'autre est crevé. Personne ne descendra plus
jamais dans ce trou de la mort. »

Jamais, le docteur n'avait eu faim avec autant
de violence. Il mangeait d'énormes morceaux de
pain et sentait l'haleine lui manquer, à chaque
bouchée. Il buvait alors, pour reprendre le souffle
et restait tout étourdi, dans la chaleur montante
du grand feu de bois.

— Vous faites plaisir à voir, monsieur le Docteur. L'appétit marche bien.

— Que veux-tu, Maria, je commence à être bien
vieux pour courir les routes à cheval. Il faut refaire
mes forces... Mais, à présent, je ne bouche plus les
trous qu'avec du mauvais plâtre.

Maria semblait vouloir dire quelque chose, mais
elle attendait son moment, écoutant le docteur,
faisant *non* de la tête en lui souriant. Ce dernier
sentait cette arrière-pensée, ce calcul, cette attente,
et, tout en parlant, il se disait, très vite, avec
inquiétude :

— Qu'est-ce qu'elle va bien me sortir ?

Tout d'un coup, Maria dit lentement, très
lentement, en appuyant sur les mots, comme

pour jouer à la fois l'indifférence et l'intérêt :

— Votre demoiselle va bien ? On ne la voit pas souvent.

— Elle va... Elle va... toujours un peu fragile... mais elle va.

Il y eut un silence, un moment de gêne. Pour le rompre, le docteur se mit à parler de choses indifférentes, du temps qu'il faisait, de la saison déjà avancée. D'ordinaire, il parlait le dialecte de la montagne avec quelque difficulté, en ralentissant le rythme de ses paroles. Mais, ce jour-là, il s'exprimait sans efforts dans cette langue qui avait été celle de ses premières années et qu'il s'était remis à parler, à la fin de sa vie, quand il était devenu médecin de campagne. Félix s'en aperçut et lui dit en souriant :

— Ça vous a coupé le filet, toutes ces aventures...

— Tous ces derniers temps, dit le vieux Pailhan, « n'ont pas été bien gais pour des jeunesses comme votre demoiselle. On nous a dit qu'elle était toute retournée par la mort d'Albin. Et puis, on a passé tout le mois dans la terreur. Vous vivez à l'écart de tout, comme nous autres. »

Pendant que le vieux parlait, le docteur se leva brusquement. Il fit le tour de la table, s'arrêta devant la porte du couloir qui était entrouverte et, de la main droite, en attrapa la partie supérieure comme pour se hisser. Il semblait plus grand que d'ordinaire, comme s'il avait tendu tous ses muscles pour ne pas perdre un pouce de sa taille. Contre les mèches blanches de ses cheveux, plaqués par la sueur, sa peau semblait écarlate et cuite au feu. Tous les gens assis autour de la table se mirent à le regarder. Pour mieux suivre sa marche, ils pivotaient lentement sur leurs chaises, par petites saccades, en allongeant leurs bras devant eux. Enfin, le docteur souffla brusquement, lâcha le haut de la porte, se remit d'aplomb sur ses jambes et dit :

— Ouf, j'ai dû manger un peu trop vite... j'ai cru que j'étouffais.

Le vieux lui tendit son verre en clignant de l'œil :

— Buvez un coup, ça fait descendre le reste... Peut-être aussi que la chaleur vous a surpris. Prenez votre temps, vous serez toujours à Camprieu avant la nuit.

Le docteur éloigna sa chaise du feu et reprit place au bout de la table. Par moments, il avait un drôle de mouvement du menton, un brusque déclic qui lui faisait secouer la tête comme si une mouche s'était posée au coin de ses lèvres.

— Le grand air me fera du bien. Je ne risque plus rien maintenant, j'ai mangé comme quatre... Il faudrait que je sois chez moi de bonne heure.

Millette, l'ancien soldat à la jambe courte, fixait le docteur depuis un moment, avec inquiétude. Celui-ci s'en aperçut et se mit à rire :

— Alors, mon vieux lascar, tu me crois déjà mort ? Non, je suis entre l'un et l'autre, à mi-chemin... entre le gros rouge et la vieille.

— Quel gros rouge ?

— Un marchand de couteaux qui n'est pas prêt à céder sa place. Je l'ai rencontré sur la route, il montait le Faubel aussi vite que mon cheval, avec soixante livres sur l'épaule.

— Et la vieille Duponne est morte ? Ça fera un

esprit de plus pour rôder sur la montagne... Ces vieux, ça revient toutes les nuits. A l'autre col, sur le village, on les voit danser sur la pelouse. Ne faites pas non de la tête, on les a vus. C'est juste au-dessus du cimetière et les esprits montent toujours tout droit. Ils choisissent les temps de brume.

— Si tous les morts revenaient, dit le docteur lentement, comme à lui-même, « on n'aurait plus la place de lever le bras, même sur les pelouses de Miquel. On en a fait des morts, depuis quinze ans. »

— Ils ne reviennent pas tous... Les vieux sont les plus mauvais. On n'a jamais revu que des vieux dans le pays. Les jeunes ne reviennent que s'il y a une raison... Pour des crimes, des genres de mort pas ordinaires, ajouta le vieux Pailhan d'une voix changée, en rentrant le cou dans ses épaules.

— Les vieux ont trop l'habitude pour s'en aller comme ça, d'un seul coup. Ils en ont pour deux ou trois cents ans avant de rester tranquilles... Voyez la Duponne, il y a un siècle qu'elle vivait sur cette montagne, qu'elle allait au bois, à la source, dans les fermes.

D'une main, le docteur tirait sur le col de sa redingote et sur sa chemise dont il cherchait à dégrafer les boutons. Il remuait la tête avec humeur en entendant les deux vieux raconter leurs histoires de revenants. Millette se leva en raclant de la jambe :

— Je vais jeter un coup d'œil sur les bêtes... Au revoir, monsieur le docteur, si par hasard vous partiez avant mon retour. Et soignez-vous.

— Nous autres, dit Félix, « on fend du bois sous

la maison... Que nous ne vous fassions pas partir, prenez votre temps. On vous dira bonjour, quand vous sortirez. »

Tous descendirent sur la plate-forme du col et Maria resta seule avec le docteur. Tandis qu'elle rangeait la vaisselle, il restait immobile, attentif, écoutant en lui-même. Il semblait chercher sa respiration, mais sans remuer, délicatement, comme s'il avait voulu saisir un oiseau ou quelque bête craintive.

— Maria... ça ne va pas fort. Ecoute-moi, si je te demandais un service, une fois, tu me le rendrais, sans penser à rien d'autre ?

La fille s'arrêta, étonnée. Mais le docteur eut comme un sursaut. Il fit non de la tête et ne dit plus rien. Au bout de quelques secondes de silence, il se leva et se mit à marcher, en gonflant sa poitrine, en se dressant sur la pointe des pieds. Devant la porte du couloir, il s'arrêta, comme il avait fait un moment auparavant, leva le bras, et chercha à s'accrocher. Mais il battit l'air de son bras levé, fit une plainte et, tournoyant sur lui-même, s'abattit. Il heurta de la tête au coin de la table, sans grande violence car son épaule avait porté la première, et resta allongé sur le sol, de tout son long, les bras en croix.

Maria fit un cri, sauta en arrière, les deux mains à la bouche, ployée en deux, les jambes écartées. Devant elle, le visage du docteur, vu à l'envers, du front à la bouche, était rouge et gonflé. Une écume rosée sortait de ses lèvres et ses yeux retournés étaient blancs comme les mèches de ses cheveux. Maria s'avança, touchant du bas de ses jupes le front du docteur, encore plus ployée sur elle-même.

Elle resta là un instant et, soudain, courut vers la porte en criant :

— Millette, Père, Félix.

Quelques secondes après, Millette montait à cloche-pied les escaliers et entrait dans la salle.

— Le docteur, là, le docteur...

La jeune fille et le berger relevèrent le vieillard et le mirent sur une chaise. Les yeux s'étaient fermés et ne montraient plus leurs horribles globes blancs. La mousse rose, plus abondante, coulait de la bouche sur la poitrine.

— Va chercher le père et Félix... Dis à la mère de monter... Reviens aussi. Ne me laissez pas seule... Il va revenir à lui.

Millette repartit en courant tandis que Maria soutenait le vieillard de tout son corps, haletante. Les lèvres du docteur remuaient. Il semblait chercher à prononcer des mots. La fille se penchait vers lui, l'oreille tendue, mais, aussitôt, se retournait vers la porte, plus anxieuse de voir arriver les siens que d'entendre ces paroles.

— Maria... Tu es seule ? Ecoute... Je suis bien malade, mais il faut que tu saches. Ma fille...

— Ne parlez pas, vous vous faites du mal. Attendez d'avoir repris quelques forces. Ne dites plus un mot... Ne dites plus un mot.

Elle avait parlé brutalement, comme pour faire violence au vieillard et lui imposer sa volonté. Celui-ci était affalé sur la chaise et semblait prêt à tomber encore. Maria l'avait calé contre sa hanche et bandait tous ses muscles pour le soutenir. Elle prit un mouchoir dans la poche de sa

veste et se mit à lui essuyer la bouche, en répétant,
tantôt comme un ordre, tantôt comme une suppli-
cation solennelle :

— Ne dites rien... Ne parlez plus.

Sur la pointe des pieds, silencieux, étouffant leur
souffle, tous les membres de la famille entrèrent
dans la salle. Ils se mirent en cercle autour du
docteur et regardèrent Maria.

— Il est tombé d'un seul coup, soutenez-le, je
n'en puis plus, il est lourd.

Au bout d'un moment, le docteur ouvrit les
yeux, regarda sans rien voir, fixa son regard sur le
vieux Pailhan, puis sur Millette, sembla éprouver
une souffrance et laissa retomber ses paupières.

— Ça va mieux, fit Maria dans un souffle, à
l'oreille de son père.

— Non, non, répondit le docteur, il faudrait...
une saignée... Pas possible.

Il retomba dans sa torpeur, immobile comme
s'il eût voulu épargner les dernières forces de son
être, attentif à bien régler son souffle. Tous ceux
qui l'entouraient se faisaient signe les uns aux
autres de ne pas parler. La réponse du vieillard au
chuchotement de Maria leur avait semblé surna-
turelle et leurs gestes mêmes leur paraissaient maintenant devoir être aperçus à travers les paupières
fermées, lourdes et gonflées.

Après un long temps, ils eurent l'impression que
le malade rentrait en lui-même comme au sortir
d'une ivresse ou d'un vertige. Il remua les bras,
ouvrit deux ou trois fois les yeux, fit quelques
mouvements avec la tête.

— Maria... Qu'ils retournent à leur travail. Ce
n'est rien... Un peu de repos, reste avec moi.

Dociles aux caprices du malade, ils se glissèrent tous dans le couloir intérieur mais, par moments, des craquements trahissaient leur présence.

L'oreille appuyée à la porte, ils écoutaient les moindres bruits venus de la salle. Ils échangeaient des regards rapides, se poussaient du coude. Au bout d'un moment, lassés de cette attente, repris par leurs soucis quotidiens, ils se mirent à parler entre eux.

— Avec tout ça, le travail reste à faire... Il faudra penser à rentrer le troupeau.

— J'ai déjà ramené la génisse... Elle s'était perdue dans Miquel. Elle va toujours vers ces fonds de sources...

— Et le regain... S'il vient un orage, il sera trop tard pour le serrer.

— Nous n'avons pas fini de courir après la besogne... Un retard mène l'autre...

— Ecoute, Maria, dit le docteur à voix basse en attirant la tête de la fille contre sa bouche. « Ecoute bien... Si l'officier n'était pas mort, s'il était quelque part, avec... tu ferais quelque chose pour le sauver ? »

La tête noire, aux cheveux luisants, à la nuque chaude, eut un soubresaut, un bondissement brusque et court.

— Pas moi... Ils le tueront.

— Et ma fille... Amélie... Tu ferais quelque chose pour elle ? Si elle était en danger ?

Devant ses yeux, le docteur vit les traits de Maria se tendre, se durcir. Un mouvement plus fort, venu de plus loin, agita ce corps qui le soutenait et s'appuyait à lui.

— Tous les deux... dit Maria.

« Ces vierges de montagne, ça remue comme des femmes », pensa le docteur, comme il l'aurait fait à tout autre moment, en bonne santé, témoin narquois et attentif. Mais son malaise le reprit, il s'appuya plus fort sur les hanches de la fille, ne sentit plus que son odeur et reperdit conscience. Pendant ce court évanouissement, le vieux Pailhan et Félix rentrèrent dans la salle.

— Ne me laissez plus. J'ai peur qu'il me passe entre les bras. Je ne veux plus rester seule avec lui.

Maria semblait folle de terreur et répétait sans arrêt, éperdue :

— Je ne veux plus rester seule avec lui...

Tout d'un coup, le docteur se dressa. Il se remit à marcher autour de la pièce, les deux bras levés, les mains plaquées à la muraille, griffant et raclant. Nul n'osait s'approcher de lui, ni le toucher, ni le soutenir. Tous, ils marchaient sur ses pas, avançant avec lui, s'arrêtant avec lui, dominés par cette effroyable mimique d'un homme qui cherchait son haleine et, pour mieux la trouver, se hissait au-dessus de lui-même, comme pour arriver à mettre sa tête au-dessus de l'eau ou d'un souffle pestilentiel. Par trois fois, ils firent le tour de la pièce, lentement, par saccades, angoissés aussi, cherchant leur respiration. Enfin, le docteur bascula, s'arc-bouta contre la muraille, dos et nuque tendus, faisant front à ceux qui le suivaient.

— Je suis bien mal. S'il m'arrivait quelque chose, il faudrait... retrouver ma fille... Amélie... Toi.

— Vous voulez qu'on aille chercher votre demoiselle ? dit le vieux.

— Il faudra...

La voix s'éteignit, comme un sifflement sous la fermeture d'un clapet. Le docteur se haussa sur la pointe des pieds, renouvelant sa mimique, mais, cette fois-ci, il porta les mains à sa gorge, eut un râle et chancela. Félix et son père, d'un même mouvement, l'avaient saisi sous les bras et le maintenaient.

— Laissez-moi debout... debout.

Par moments, les yeux du docteur basculaient comme des billes, ne montraient plus que le blanc et le visage entier, alors, semblait sans vie et plus affreux encore que celui d'un cadavre. Il y manquait la paix de la mort, la détente du silence et de l'insensibilité.

L'écume rose commençait à crever en bulles sur les lèvres ouvertes, pendantes... On aurait dit une mousse de savon, dérivant autour d'un baquet de laveuse, fuyante et renouvelée. Les deux hommes entendaient un gargouillis d'air à travers ces tampons rouges et, se penchant encore plus, ils saisissaient des mots, des phrases hachées, coupées par des arrêts du souffle.

— Perdus... Qui pourrait? Le gros rouge, lui, des inconnus qui ne viendront pas... Les amis, les amis? Trop de choses mêlées... Maria... Tu es là? Seule? Les autres...

— Il déparle, dit le vieux. « Rien n'a pu lui faire mal, pourtant. Tiens-le bien, Félix. Parfois il s'échappe, il se lève tout grand et puis, tu vois, il retombe d'un coup. »

— Ma fille... Amélie... Vous n'avez rien contre elle. Elle était douce, comme les gens faibles...

— Ne parlez plus. Ça vous esquinte. Gardez

votre souffle. Vous vous casserez quelque chose.
Ne vous faites pas de soucis pour votre demoiselle.
On ira la chercher dans un moment.

Maria regardait, comme au bord d'un trou, les
yeux agrandis dans son petit visage noir contracté
de terreur ou de rage. Millette était auprès d'elle,
anxieux et mobile, comme une bête surprise dans
son refuge.

— Il est bien mal, disait-il, « mais il veut raconter quelque chose. Il faudrait l'aider. Essayer de le
comprendre. »

Maria le pinça jusqu'au sang, derrière le coude.
Tandis qu'elle serrait du bout des ongles, elle se
mordait la lèvre inférieure comme pour mesurer
la douleur... Puis, elle lui dit d'une voix furieuse
et étranglée :

— Tais-toi... Quand on est comme ça, on veut
toujours dire des choses... Il vaut mieux qu'il se
taise... Il se tuerait à parler.

Dans l'esprit du docteur, debout contre la
muraille, muet, à moitié étranglé, il se faisait à cet
instant une grande déchirure, une éclaircie à travers laquelle tous les événements de la journée pre-
naient leur véritable place. Ce qui l'avait obsédé
depuis le matin, le colporteur au visage rouge, la
vieille au suaire, perdait toute présence. Cet
homme ? Cette femme ? Rien que la vie ordinaire,
sa force et sa faiblesse. Le salut de sa fille impor-
tait seul maintenant. Mais ceux qui l'entouraient ne
pouvaient en rien le servir. Il cherchait un espoir en
les regardant les uns après les autres. Maria ne
comprenait rien ou ne voulait rien faire. Elle était
fermée, butée, rageuse. La trahison était en elle,
dans son silence, dans sa volonté de ne rien enten-

dre. Le docteur n'avait plus la force de percer son
secret. Il regardait alors Millette. L'ancien soldat
aurait pu être un secours mais comment rester
seul avec lui, expliquer tout ce qui devait l'être ?

Perché sur sa jambe valide, le berger ne disait
plus rien. Il regardait le docteur qui le fixait aussi,
l'implorait du regard. Mais rien ne pouvait être
sauvé, les amitiés n'offraient plus de refuge ni de
secours. Quinze ans de catastrophes et de gloires
devaient être balayés jusque dans la plus humble
des existences. L'ancien soldat n'était plus que le
domestique des fermiers de la montagne et le docteur roulait vers un abîme, entraîné par cet officier
de passage dont il avait accepté d'être l'ami et le
soutien.

— Millette... Millette... Toi, tu chercheras ma
fille.

— Félix va plus vite. Il ira d'un saut tout à
l'heure. Mais calmez-vous. Gardez vos forces.

Le vieux se tourna vers son fils et ajouta à voix
basse :

— Tu iras quand on aura rentré les bêtes...

La voix du docteur devenait plus lointaine. Elle
franchissait avec peine la barre d'écume qui se
renouvelait sur les deux lèvres abandonnées.

— Qui le saura ? Rien qu'un bout de ciel... Les
cadavres gonflés. Sans pourriture... Le blanc de
cadavre... Ils attendent, pendant des siècles... au
fond de l'abîme.

— Ce qu'il dit n'a plus de raison, murmura le
vieux. « Il parle de l'abîme... de cadavres... C'est la
mort qui le serre... »

Le soir venait vite, derrière l'écran des hautes
crêtes. Il montait sous les vitres sales comme une

trappe qui se soulève. Les visages dérivaient dans son ombre comme des épaves et les regards qui ne se trouvaient plus devenaient étrangers les uns aux autres et balancés par une indifférence pareille à de longues vagues.

— Rien qu'une étoile... Une étoile dans un rond. On n'arrête rien... On ne détourne rien.

Le vieux Pailhan ployait sous le poids du docteur. Ses genoux se cassaient lentement, à petites saccades. Félix tenait ferme sa prise et le malade s'inclinait vers la gauche, du côté du vieux, en roulant de la tête.

— On est des amis, monsieur le docteur, ne craignez rien avec nous. Depuis des quinze ans que vous passez ici... ce mauvais moment va finir. Gardez-vous bien calmé.

— L'officier, disait le docteur, « l'officier... »

— N'en parlez plus... Il est mort. On ne sait pas même son nom. Personne ne le pleurera... Le malheur est passé et tout est comme avant.

Par trois fois, le docteur échappa aux bras qui le soutenaient. Il se levait, tendait ses membres, allongeait ses muscles, glissait au long de la muraille, gagnait une tête de hauteur, râlait longuement en buvant l'air et retombait dans une secousse. Sur un râle plus bref, il s'affaissa, porta à fond sur les quatre mains nouées à son aisselle et continua de glisser sans plus retrouver d'appui en lui-même.

Les deux montagnards le soutinrent jusqu'au sol. Il penchait toujours vers la gauche, du côté du vieux, la tête, l'épaule, le bras portant dans ce sens et suivant ce mouvement de descente et d'effondrement. Félix, à demi ployé, inclina son visage vers ce profil que rien ne soutenait plus.

— Il est mort ?

— C'est quelque chose qui glisse entre les mains, comme du sable sec... Fais lumière, Maria.

Une étoile, seule au ciel, perçait la vitre à demi opaque. Au même instant, elle tombait dans le gouffre, glissait au fond de l'abîme et remontait vers les deux reclus, comme une étrange fleur jaillie des entrailles de la terre.

Dans la collection
Les Cahiers Rouges

Cet ouvrage a été reproduit
par procédé photomécanique
et réalisé sur
Système Cameron
par la SOCIÉTÉ NOUVELLE FIRMIN-DIDOT
Mesnil-sur-l'Estrée
pour le compte des éditions Grasset
le 6 mai 1986

Imprimé en France
Dépôt légal : mai 1986
Nº d'édition 7008 – Nº d'impression : 4481
ISBN 2-246-10902-7
ISSN 0756-7170